かませ犬転生 2

←KAMASE INU TENSEI→

～たとえば劇場版限定の悪役キャラに憧れた踏み台転生者が
赤ちゃんの頃から過剰に努力して、原作一巻から
主人公の前に絶望的な壁として立ちは

著――一ノ瀬るちあ
イラスト――Garuku

「力づくでも奪い返す！」
――シロウ
――【ルーンファンタジー】本来の主人公キャラ。

「できるのか、貴様に」
―クロウ
―俺が転生してしまった、シロウと瓜二つの容姿を持つ敵キャラ。

Ruchia Ichinose & Garuku PRESENTS RUNE FANTASY

CHARACTERS

KAMASE INU TENSEI

[登場人物紹介]

NAME

ヒアモリ

冒険の途中に偶然出会った、原作では見覚えのない謎の少女。おとなしい少女に見えるがとんでもない。
理想のダークヒーローを目指す者として、ぜひとも仲間にしたい一人だ。

PROFILE

【プロローグ：緋雨《ひさめ》】

煤《すす》けた雲が寒月を覆う夜を、四トンを超過する鉄の塊が蒸気を唸《うな》らせ駆け抜けていた。夜間の走行を想定していない、明かりの心もとない車両を臨時に走らせる羽目になったのは、いまからおよそ三十分前、最新技術の粋である電信が、「聖域ニ侵入者アリ」の一報を持ち込んだことに起因する。

（妙だな。見張り塔にかがり火が灯《とも》っていない）

聖域への侵入は大罪だ。急を要する。本来であれば、駆けつける役人の目印とするためにかがり火を灯すはずだ。しかし、もう聖域近くまで来ているというのに、明かりの一つ見当たらない。漆で塗りつぶしたような夜の闇が延々と続いている。

不意に、暗雲の切れ間から冬月の明かりが差し込んだ。

「止めてくれ！」役人が車掌に向かって叫んだ。

日中には最高時速三十マイルを記録する鉄塊が、ブレーキ音をかき鳴らして慣性に抗《あらが》う。機関車が停止する時間さえもどかしい。完全に停止する前に、列車から夜の闇へと飛び出した。冷気にさらされた呼気が白く霞《かす》む。

「なんと、むごい」

聖域の入り口付近には、夥《おびただ》しい、物言わぬ骸《むくろ》が転がっていた。

（ありえん。聖域の守護者たちだぞ。彼らが、やられたというのか、報《しら》せを受けた我らが到着する

までの、ほんのわずかな時間で）

死体の状況を言葉にするなら、惨殺。致命傷と思われる傷口がまるで断定できない。体中に刻まれた無数の刺し傷が、実行犯の、濃密な殺意を物語っている。

（いったい、侵入者はどれほど恐ろしい存在なのだ。いや、それより——）

役人は、気づいてしまった。なぜ、彼らは、聖域の入り口から放射状に、倒れているのか。隊列も何も、あったものではない。

（これではまるで、聖域からやってきた何かから逃げようとしたかのようではないか）

役人はたまらず喉を鳴らした。嫌な汗が背中を伝っている。奥歯がガチガチと音を立てているのは、絶対に寒空のせいだけではない。

「ん……うぅ」

薄明の聖域入り口で、何かが動いた。役人がびくりと身を固めて、恐る恐る音がした方を見る。

死体に紛れるように倒れていたから気づかなかったが、たった一人、生存者がいる。

「お、おい君！　大丈夫か？　ここで何があった」

年端もいかない少女だった。悪夢にうなされ、うわごとを繰り返している。

「——お願い、お父さんを、連れて行かないで。お願い」

髪の毛先にかけて緋色《ひいろ》のグラデーションがかかった少女だけが、惨劇を紐解《ひもと》く鍵だった。

【神籬《ひもろぎ》：屋内市場】

冒険者試験会場から街道を北上していくと、東西に延びる街道との交差点に、交易宿場がある。寒風をしのぐように四方をぐるっと囲った防壁の内側には、小さな町ほどの敷地《しきち》が広がっていた。その宿場町の中央に、巨大な建造物がある。

「屋内市場！　初めて見た！」

きゃっきゃと騒ぐササリスに「あまりはしゃぐなよ」と声をかける。彼女は「わかってる！」と元気よく返した。

彼女の後を追って、屋内市場へと足を運び入れた。何本もの細い鉄製の柱と骨組みが目に入った。緩やかな傾斜と急な傾斜を組み合わせた屋根にはドーマーがついていて、ガラス製の窓から柔らかな光が取り込まれている。

（最新施設、って感じだなぁ。ん？　なんだ、布？）

向かって右手で、売り物と思われる布が勢いよく宙へと飛ばされていた。屋内なのだから、原因は風ではない。では何が布を巻き上げたのか。

「ハァ……ハァ……！」

「くっ、逃がすな、追え！」

いままさに重力を思い出したように宙から舞い降りる布を背に、一人の少女が駆けている。毛先にかけて階調的に緋色がかった髪の、小柄な女の子だ。見れば高級そうな背広の男が数名、舞い降りてきた布類に視界を遮られながら、少女を追いかけている。

「ごめんなさい、通してください！」

人ごみをかき分け、小柄な少女がするりと抜け出した。一方、背広の男たちは足止めを食っている。

隣で、ササリスがマリオネットでも操るように無色透明な糸を指先で踊らせて――

小さな悲鳴が屋内市場に反響し、毛先が緋色の少女の姿が掻《か》き消えた。

「貴様たち、少女を見なかったか？　毛先が緋色の、小柄な女子だ！」

遅れて人ごみをかき分けて飛び出してきた背広の男の一人が近づいてきて尋ねる。俺は無言を貫いて、ササリスは明後日《あさって》の方向をあごで示した。

「協力に感謝する！」

バタバタと足音を立て、男たちが土煙を巻き上げていく。

「けほ、けほ。なんなのさあの人たち」

ササリスが顔の前で手をぶんぶん振って土煙を払い、悪態をついた。背広の男たちの背中が見えなくなってから、ササリスがもう一方の手を払う。

するりと、天井から少女が下りてきた。毛先にかけて緋色に燃える、小柄な少女だった。

「さ、下りておいで。大丈夫、こわいおじさんたちはどこかに行ったよ」

つまりプロセスはこうだ。大の男から逃げている少女を見つけたササリスはかくまうことを決定した。そのために取った手段は、彼女固有の糸魔法の発動で、頭上に組まれた骨組みを滑車代わりにし、少女を引っ張り上げたのだ。

おかげで、追跡中の人物が梁《はり》に吊《つ》るされているなど考えもしない男たちは標的を見失い、見当違いの方向を探す羽目になったわけである。

「あ、ありがとうございます」

空中で犬かきするようにせわしなく動いていた手足が地面につくと、少女は姿勢を正し、ぺっこりと頭を下げた。

「あんた、厄介なのに目をつけられてるね。あいつら、自警団でしょう?」

自警団というのは、簡単に言えば警察の前身組織である。自治を守るために犯罪を取り締まるのが活動内容だと聞く。俺の故郷でも見かけた。

「私、違うんです、逃げたのは、わけがあって」

少女が勢い良く首を振り、数歩後ずさる。

「大丈夫。話を聞く前から疑ったりしないよ。だから、話してくれない?　何があったのかさ」

「そ、れは」

毛先が緋色の少女は視線をそらした。下唇に指をあて、横目にササリスを確認し、俺へと視線を移す。

「ちょっとあんた!」

少女、自警団に続いて、人ごみから元気な老婆が飛び出してきた。老婆は布を手に掴《つか》んでおり、それを少女に突きつける。

「うちの商品の布をこんなにしてくれて、どうしてくれる気だい！」

先ほど宙に舞っていた布には、無数の足跡がついていた。大きさを見るに、おそらく、背広の自警団たちのものだ。

「ご、ごめんなさい」

「ごめんで済んだらうちは商売あがったりなんだよ！　この――」

老婆が拳を振りかぶった。毛先が緋色の少女は、ぎゅっと身をこわばらせる。

だからとっさに、老婆に向かって指先を合わせ、青白い光で一本の紋章を描いた。

「―《イサ》」

その紋章が意味するのは停止。老婆は、影を縛られたかのようにその場から指一本動かせずにいる。

「詫《わ》びだ。とっておけ」

少女を殴ろうとしていた拳に、一枚の金貨を握らせる。停止の紋章を解除すると、老婆は悲鳴を上げて引き返していった。その時の怯《おび》えた瞳は、化け物を目の当たりにした無力な生物のそれとよく似ていた。

少女は目を丸くしてしばらく俺を見上げていた。やがて小さな人差し指と中指の先で眉間を示し、鼻筋をなでるように口元へもっていき、最後に胸の前で十字を切る。初めて見るしぐさだったが、感謝を意味しているのはわかった。

「また、助けられました。本当に、ありがとう、ございます」

深々と少女が頭を下げ、なかなか顔を上げなかった。

「ごめんなさい。私、いま、お金を持ってないんです。でも、必ず返します」

ササリスが渋面を作った。自分の幼いころの面影を見たのだろうと、予想はついた。ササリスは少し悲しそうな顔をして、それから続ける。

「いいよ。その代わりに、教えて？　何があったのか。どうして自警団に追われているのか。その情報で、借金の話はおしまい。どう？」

「でも」

「あんたは知らないかもしれないけど、情報ってのはとっても高価なんだよ。だから、ね？」

ちょっと意外だった。ササリスが金の話でこんな提案をするとは思っていなかった。

ササリスの指が俺の頬肉を引っ張った。ササリスがふくれっ面をしている。「いいでしょ、あたしがこういうことしても」と口を尖《とが》らせた。俺、何も言ってないんだけど。

「私が」

険の取れた表情で、少女が口を開いた。

「自警団から追われているのは、たぶん、私が、聖域で起きた事件の重要参考人だから、なんです」

「聖域……？」

ササリスの耳は俺より早い。だから、彼女に視線を送った。何か知っているか、という意味のそれに、ササリスは首を振って答えた。いくら彼女が情報通でも、冒険者試験会場から一緒に行動してきたのだから入手できる情報には限りがあったらしい。

他方、俺はというと、聖域という単語と事件という単語に心当たりがあった。もっとも、この世界で知りえた情報ではない。いわゆる、原作知識というやつだ。

もしかして、と仔細《しさい》を聞き出そうとすると、

「いたぞ！　あの娘だ！」

後ろで、野太い男の声が張り上げられた。げんなりした声でササリスが倦怠《けんたい》感を表に出す。

「もう戻ってきたの？」

引き返してきた自警団の男たちは、携帯していたピストルを構えて、照準を合わせた。無数の銃口が俺たちに牙をむく。

「その娘をこっちに渡せ」

ササリスは毛先が緋色の少女を背後に隠した。

「お断りよ」

「我々を誰だと心得る。自警団だぞ。我々を妨害するなら、治安を乱す意志ありと見なして逮捕するぞ！」

男たちがピストルのグリップを握り直して一発、発砲音を鳴らした。ササリスの足元に弾痕ができる。

銃声を聞き、屋内市場にいた人々が悲鳴を上げて蜘蛛《くも》の子を散らした。発砲を指示した男が「これは警告だ」とすごむ。だがササリスはどこ吹く風。まるで緊張感がない。

「話を聞いてなかったのかい？　渡す気はないって言ってるの」

横一列に並ぶ自警団の中心の男がハンドサインを送る。周りの団員が、銃を構えるのを一斉にやめた。

「わからんな。その青い髪色、このあたりの者ではないだろう。見ず知らずの小娘を、どうしてかばう」

「どうしてって、そりゃ」

開きかけた口を閉じて、ササリスが口角をほんの少し吊り上げる。誇らしげにしているのが、俺にはわかった。

「あんたが知る必要ないよ」

イヤリングを指でなで、挑発的な態度をササリスが取る。その背後で、毛先が緋色の少女がササリスの着崩した衣装の袖をむんずと掴んでいる。

「もういい」

自警団の中心の男が再びハンドサインを送る。周りの団員が、銃を構え直す。

「撃て」

男の号令と同時に、複数の銃声が重なりあい、屋内市場が苦痛に叫ぶ声で塗りつぶされた。

ただし、悲鳴を上げたのは自警団の男どもだったが。

「なっ、何をしている貴様ら！　きちんとターゲットを狙え！　同士討ちしている場合か！」

「無駄だよ。そいつらはもう、あたしの糸の中さ」

横隊を組む自警団たちは、銃創にあえぎながら、中心に立つ男に銃口を向けた。自警団のリーダーは顔を引きつらせ、歯ぎしりして、ササリスをにらんでいる。

「貴様……っ」

ササリスがおもむろに、人差し指を曲げていく。横隊を組んだ自警団の面々が、顔色を真っ青にする。ササリスの指の動きに呼応するように、引き金にかけた人差し指が曲がっていく。半秒の後に銃声が響き、中心の男の体は無数の銃創を刻まれるだろう。

「わかった。降参だ。銃を、下ろさせてくれないか？」

冷や汗を垂らす男に、ササリスがいい笑顔で答える。

「お断りよ」

ぴくり、とササリスの人差し指が動く。

「ま、待った！　取引といこうじゃないか！　その娘の秘密を、俺は誰より詳しく知っている」

ササリスは軽蔑するような冷たい視線を送ったが、男の目論見《もくろみ》通りその指先は固まっていた。

「俺を殺せば、その情報は手に入らないぞ」

しばらく、ササリスは口を尖らせて沈黙を続けていたが、やがてぽつりとつぶやいた。

「……『前提条件を誤れば、付随する判断まで間違える』、か」

釈然としない嘆息で、ササリスが糸魔法を解除する。どころか、目視も難しいほど細く、しかし恐ろしいほどの靭性《じんせい》を兼ね備えた糸が、負傷した自警団たちの傷口を瞬く間に縫っていく。

自警団のリーダーが額の汗をぬぐい、言葉を選ぶように語り始めた。

「事の発端は、三日前のことだ。我々は、ここより北の地にある森の奥深くの聖域に侵入者が出たとの電信を受け、蒸気機関を走らせて向かった。だが、我々が目撃したのは」

男はそこで一度呼吸を挟み、言葉をつづけた。

「物言わぬ骸となった、聖域の守り人たちだった」

ギア歯がカチリとはまる感覚。そうだ、俺はこの事件のあらましを知っている。

(古代文明が封印から解き放たれることになった、始まりの惨劇じゃねえか!)

事件現場は森の奥の聖域。その地の守護者が一夜にして全滅する悲劇があった。

ゲーム中では、アルバスが守護者の一人をそそのかし、封印を解かせたとしか語られなかった。

まさか、こんなところで原典未収録エピソードに立ち会えるなんて!

(あれ? でもちょっと待てよ? 聖域の封印が解かれたことで、聖域の守り人は全滅したはずでは)

生き残った少女がいたなんて話、聞いたことがない。

(違う)

目の前の自警団は言っていた。異変に気づいたのは、聖域から電信が入ったからだと。

(原作ゲームには電信の技術が存在していなかった)

それがきっかけで、自警団の到着が史実よりも早まったのではないだろうか。本来の歴史では救出が間に合わなかった命を、ほんの少しのカオスが助け出したのではないだろうか。

「生存者はたった一人、そこの娘だ! 事件に深くかかわっていることは明白だ!」

自警団の男は、唾を飛ばしながらまくしたてる。

「事件を起こした張本人の疑いが極めて強いと言わざるを得ない！」

「違う！　私じゃない！」

「であるなら何故《なぜ》逃亡を図った！　事実無根のいわれなき罪であるなら、自らの無実を証明し、しかる後にどこへでも行けばよいだろうが！」

「それだと……間に合わない」

少女がつぶやいた消え入りそうな声が、俺の耳には届いていた。

(何かが引っかかる)

状況証拠を聞く限り、犯人は生き残った彼女というのが、一見、筋の通った主張に思える。だが、どうしてだろう。俺には、少女が自分の失敗を隠すために嘘《うそ》をついているようには見えない。

むしろその逆、本当のことを言っているのに信じてもらえず、どうすればいいのかわからないまま、暗闇で一人迷子になっているような寂しさを想起させる。

(この事件には、裏がある、のか？)

思考の海へと船を出す。

たとえばこんなのはどうだろう。

「生存者が、もう一人いたとすれば」

毛先が緋色の少女がびくりと身を固くしたのが、気配でわかった。自警団は非難の視線を俺に向ける。

「貴様！　我らを愚弄する気か！　我らが聖域にたどり着いたとき、間違いなく、その少女のほかに生存者はいなかった！」

「だがそれは、その場にいた人間に限っての話だろう？」

神聖な場所で殺人事件が起きるのは、何者かが陰謀を張り巡らせている場合だと昔から相場が決まっているのだ。叙事詩イリアスにもそう書かれている。

「たとえば事件を引き起こした人物はほかにいて、そいつはすでにその場から立ち去っていた、とすれば」

「ぐっ、それは」

考えられない話ではないだろうに。そしてその場合、見えてくる事実はまるで真逆になる。

「誰かが、この子に罪を擦《なす》り付《つ》けた……？」

ササリスがつぶやいた。俺は可能性の話だと念押しした。

「だ、だが！　そこの娘が事件の重要参考人である事実は変わらん！　突拍子もない推理が事実だったとして、何か重要な秘密を隠しているのは間違いない！」

ササリスが、彼女の後ろで身を固くする少女に問いかける。

「どうなの？」

すると少女はすこしうなだれて、自信なさげに答えた。

「ごめんなさい。うまく思い出せないんです」

嘘はついていないように見える。ただ、本当のことを話していないようにも思える。大事な部分を隠して、開示しても問題ない情報だけを打ち明けた、そんな表現がしっくりくる。

「そうか、読めたぞ小娘！　貴様が何を隠しているのか、誰をかばっているのか！」

自警団の男は高らかに笑った。ひとしきり笑った後、嫌みたっぷりな表情で皮肉交じりに詰《なじ》った。

「真犯人は、貴様の父親だな？」

「ち、違います」

答える少女の声は、極度に緊張しているのがわかった。強弱の安定感に欠け、震えていて、硬い。

「そう言えば、現場で貴様を見つけた団員が、こんなうわごとを聞いたと証言していたな。『お父さんを、連れて行かないで』とな」

ほな父親が犯人やないか！　こんなんすぐわかったやん！

「いままで父親の存在を秘匿していたのは、それを知られれば容疑の目が父親に向かうと思ったからだろう！」

「そ、それは」

少女は答えに窮した。男の読みはあっているらしい。

真犯人はこの子の父親で決まり。

なんだ、意外とあっけない幕引きだったな。

「で、でもその日、私の父は、徒歩で三日もかかる北にある里へ食料を運びに行っていたんです！」

ほな犯人とちゃうか。父親はそもそも犯行不可能ってことやもんな。もう少し詳しく教えてくれる？

「口から出まかせを！　聖域より北に人の生息できる土地などない！　そんな里ありはしない！」

ほな犯人やないか。アリバイが崩れたらもう真っ黒よ。

(ん……？　聖域より北には里がない、だと？)

妙だな、アルバスの話だと、大陸を縦断する山脈の果てに、雪に隠れる里があるって話だったはず。

俺が親父殿《おやじどの》から授かった小さな鍵。首紐《ひも》で吊るしているこの鍵は、その里にある扉を開くものだと言っていた。

(少女は、本当のことを言っている)

しかもそれは、俺が追い求めた鍵の謎を紐解く重大な手掛かりになっている。

「貴様の父親が現場にいたのは、もうろうとした貴様が『お父さんを連れて行かないで』と繰り返していたことからも明らかだ！」

ササリスの服をぎゅっと掴む少女が、ふるふると首を振る。

「娘が娘なら父も父だな！　貴様のような大法螺《ほら》吹《ふ》きの子の父もまた、どうせクズなのだ！　虐殺の現場に娘を一人置いてどこかへ逃げ隠れた臆病者なのだからな！」

「違う！　お父さんは、優しい人だった！　人の心の痛みがわかり、人の幸せを喜べる人だった！」

「その善人も化けの皮を剥がせば凶悪な本性が潜んでいたわけだ！　太古の昔から守られてきた絶対の禁、聖域へ立ち入ったのだろう？」

「違う、違う違う違う！」

少女が叫んだ。

ぞわり、と。強烈な悪寒が全身を駆け巡り、俺は身構えていた。否、身構えさせられていた。

(なんだ、この、重圧)

体中の皮膚が逆立つように、全身から血の気が引いていく。おぞましい悪神と対峙《たいじ》したかのように、心の内側で胃が底冷えするような冷気がとぐろを巻き、俺が恐怖に呑《の》まれるのを、爪を研ぎ、いまかいまかと手ぐすね引いて待ち構えている。

「お父さんを」

指先の感覚が消える威圧感の正体は、すぐそばにいた。毛先が緋色の少女だ。彼女の体が金色に輝き、しかも恐ろしいほどに濃密な魔力が練り上げられていく。

「悪く、言わないで——ッ!」

彼女が纏《まと》っていた光が弾《はじ》けた。仏の光背のように、幾条もの鋭い光を背負い、彼女の雰囲気を幽玄なものにしている。

俺の直感が叫んでいる。うるさいくらいに警鐘を鳴らしている。この場から一刻も離れろと本能に訴えかけている。

「ササリス!」

「きゃっ」

毛先が緋色の少女からササリスを引きはがし、わきに抱えて跳躍する。彼女の光背が矢継ぎ早に、魚雷のごとく射出される。

（くそが、追尾式の光の矢だと）

次から次へと放たれる光の弾雨は、恐ろしいことに自動追尾だ。近場の人間から無差別に、どこまでもどこまでも追いかけてくる。

「ᛁ《イサ》──！」

少しずるいが、こっちも本気を出す。

縦に一本引いただけの簡易な紋章だが、このルーンが秘めた力は強力だ。時空の凍結。俺の頭上に、漆黒の扁平《へんぺい》直方体が出現する。時間が凍り付いた世界では、光子すら動きを静止する。降り注ぐ光の矢がどれだけの威力を誇ろうと、この盾を貫くことはできない。

「ぐっ」

「師匠！」

一条だけ、盾が間に合わなかった光の矢が俺の腕を穿《うが》ち貫いた。皮膚が裂け、ピンクの筋が顔をのぞかせる。

「ただの、かすり傷だ」

「かすり傷って、そんな強がり言ってられる傷じゃ──」

ᛚ《ラグズ》。生命力を意味するルーンでばっさり開いた傷口を癒《いや》す。

「うっわぁ……」

ドン引きされた。普段めちゃくちゃやってるお前に化け物見るような目で見られるの納得いかねえ。

（ひとまず、どうにかしのげそうだ）

だが。

（自警団のやつらは、助かりそうにないな）

惨《むご》たらしい殺害現場を、俺は目撃してしまった。降り注ぐ光の矢の雨は、一射一射が必殺だ。無数の致命傷が、自警団の命を瞬く間に土へと返そうとしている。

いまも弾丸のような光を放ち続ける、彼女の第一印象はか弱い少女だった。臆病ながらも芯が一本通っていて、本当の意味での強さを秘めている、そんな気質だと思った。

だが、ふたを開けてみればどうだ。

「あはははは」

その、惨状を作り出す中で、毛先が緋色の少女は笑っていた。血に酔いしれるように、恍惚《こうこつ》とした表情で、自警団を心から楽しんでいたぶっている。


偶然だと、思っていた。彼女との出会いは。

自警団とのやり取りを見ていたのも、究極を言ってしまえば原作未収録のエピソードに触れられる機会だったからというだけで、この件が終われば、二度と交わることもないのだろうと、思っていた。

だけど、違った。

（なんなんだ、あいつは）

俺は、彼女を大きく見誤っていたらしい。

ぷつん、と。少女の笑い声が止まった。それをきっかけに光の矢の雨が降りやんだ。

不思議に思って近寄って見ると、少女は前のめりに倒れこみ、気絶している。

屋内市場は壊滅した、致命的に。

鋳鉄製の柱は折れ、天井は崩れ落ち、外壁はもはや雨風をしのげる状態には無かった。時間にすればほんのわずかな時が、この場をがれきの海へと変えていた。

後に残ったのは、耳が痛くなるような、重く、苦しい、静けさだった。

震えた。わくわくした。この世界に、俺の知らない、こんな強いやつがいたなんて知らなかった。

（原作未登場の隠し強キャラ……！）

なんだよそれ！　めちゃくちゃ夢が広がるじゃねえか！

俺が目指すのは最強だ。並ぶものなき、天下無双の力だ。

もし、この圧倒的な魔法を有する少女を仲間に抱き込めれば？　いつか来るシロウとの決戦の日が、はるかに劇的になるのではないだろうか。

たとえば、こんな感じ。

◇◇◇

ついに宿敵の本拠地に乗り込んだシロウたち。

しかしそこで待ち構えていたのは、かつて道中で出会った、毛先にかけて階調的に緋色がかった髪色の少女だった。

「君が、黄道十二星座の一人？　そんなはずない！　だって、俺の知ってる君は！」

シロウが言い切るより早く、音より速い何かが、彼の頬を切り裂いた。目をかっぴらき、その軌跡をたどれば、相対する少女の背中に、翼を広げた八咫烏《やたがらす》のような後光が輝いている。

「あなたが知ってるのは、私のうわべだけ。知ろうともしてくれなかったよね、シロウは、私の奥底に潜む抑えがたい凶暴な衝動を」

無感情な瞳と目が合って、シロウは胃が冷たくなった。自分という器をガラクタでも見るようにのぞき込まれているような気がして、指先から感覚が消えていく。

「だけど、クロウさんは、すべてを知ったうえで受け入れてくれた。独りぼっちだった私に、手を差し伸べてくれた」

「違う、あいつは、君を利用しているだけだ！」

憐憫《れんびん》の情をたっぷり乗せて、必死に訴えるシロウに、少女は朗らかな笑みで応じた。

「いいよ、それでも」

光背が輪転し、幾条もの光の筋がシロウに襲い掛かった。

「やめてくれ！　俺は君と、戦いたくない！」

「私もあなたに私怨はないよ」

毛先が緋色の少女は、無関心につぶやく。

「だけど、クロウさんの指示だから、ここであなたを倒します」

少女は続けた。——悪く思わないでください、と。

◇◇◇

有りだ。ダークヒーローソムリエの俺に言わせれば、敵対組織の中で唯一の良心と思われた少女が実は超劇物の危険人物ってのはお約束。この少女には、それを成し遂げるだけの天性のスペックが宿っている！　仲間にしない手は無い！

（ただ、黄道十二星座は多すぎるな……そんなに仲間の心当たり無いよ）

来る決戦に向けて仲間を集めるにしても、組織名は要検討だな。金烏門《きんうもん》なんてどうだろうか。

（む、騒ぎがやんだことで、避難していた民衆が集まってきたな）

さっきの魔法の被害で、交易宿場中心部はしばらく店舗として機能しないだろう。然《しか》ればここに居座る理由もない。

俺は気絶したままの少女を背負い、歩き出した。幸いだったのは大きな被害が出たのは交易宿場の中心部近くだけだったことだ。防壁周辺の宿屋は影響がなかったので、一室を間借りし、毛先が緋色の少女を寝かせておく。

部屋には暖炉が備え付けられていた。火かき棒で灰をかきだすと、灰に隠れていた高温の炭が外気に触れ、その身を赤く燃やした。

「ねえ、師匠」

ササリスがつぶやく。普段の傍若無人ぷりも自由奔放さも鳴りを潜めた、珍しい、弱気な声音だった。

火を育てる。ぱちぱちと小気味よい音が跳ねる。

「あたしさ、この子のこと」

毛布を少女に被《かぶ》せながら、ササリスは目を細めた。毛先が緋色の少女は唇を青くして凍えていた。

ササリスが手を伸ばそうとして、すんでで止めて、口を一文字にきゅっと結ぶ。

「初めて会った時、他人に思えなかった」

その言葉の意味は、俺にもわかる。彼女も故郷で、自由を奪われ、尊厳を傷つけられ、それでも荒波に抗うように、必死に生きていた。俺はその様子を見ていたからその一言の裏に隠れた悲喜こもごもの思いが、痛いくらい、わかる。

ササリスは続けた。つらくて、苦しくて、けれど誰にも頼れない胸の痛みの記憶が、いまも心の奥に深々とナイフを突き刺しているのだと。

「あたしは師匠のおかげで、救われた。けど、この子は？　あたしが見て見ぬふりをしたら、誰が助けてあげるの？」

口をわなわなと震わせるササリスが、胸の前で手を重ねて、ぎゅっと力を込めた。

「そう思ったら、放っておけなかった」

懺悔《ざんげ》するように、力のない独白が、冷たい空気に溶けていく。

「けど」

口ごもりながら、言葉を選び、ササリスは続ける。

「この子が笑いながら、蟻《あり》をつぶすように力を振るうのを見て、思ったの。あたしとは違う、って」

ん？　ササリスも大概……。

「何さ」

ササリスがジト目を向けた。なんでもない。続けて。

「ねえ、師匠、あたしは、どうするのがよかったのかな」

暖炉に飛び交う火の粉をぼんやり見つめ、ササリスがつぶやいた。

「さあな」

ササリスはムッと口を尖らせた。ぼんやりと火を見つめていた視線を俺に向け、その意味を非難に変える。

「真剣に相談してるんだけど」

「そうか」

「冷たくない？」

俺の中では決まっている。この少女ほど、宿敵との決戦の前哨戦《ぜんしょうせん》に適性のある境遇の人物はいない。ぜひ仲間となってシロウの前に立ちはだかってほしいし、ここで逃す手は無い。

が、俺の目指す人物像的に、それを表立って口にするのはナンセンスだ。あくまで自然体。来る者には試練を課し、去る者には慈悲を掛けない。それくらいのスタンスがベストな塩梅《あんばい》。ここで表立ってこの子の力になる、なんて宣言するのは絶対にダメだ。

うーん。どうにかササリスに悟られず、かつこの少女を擁護するポジションを確立できないものだろうか。

そうだな、こんな切り口から攻めるのはどうだろうか。

「なら聞くが、俺が見捨てろと言えばお前は見捨てるのか？　俺が救えと言えば、俺が救えと言ったから、なんて理由で手を差し伸べるのか？」

ササリスの心は揺れている。この少女を見捨てられないという感情と、その危険性から離れるべきだという理性の狭間《はざま》で、悩んでいる。そこに付け入る隙がある。

つまり作戦はこうだ。あくまで少女を助けたいのはササリスという体裁を取りつつ、俺は彼女の意志を尊重する形でサポートする。我ながら完璧な作戦立案。計画に一片の抜かりなし！

「母さまは言っていた。『他者に行動原理を握らせる弱者になるな』ってな」

俺がわざわざ言うまでもなく、お前はわかっているものだと思ったんだけどな、なんてニュアンスで、ササリスの感情にゆさぶりをかける。

悩みは人の心を弱らせる。だが、恥じることはない。それは本当の弱さではないからだ。弱さとは、自分の心に嘘をつくこと。強さとは、最後に自分自身の心を信じられること。ササリスもよく知っているはずだ。ん、おかしくないか？　なんで血縁関係が絶無のササリスが俺の家訓に詳しいんだ？　……深く気にしたら負けな気がする。

ササリスはきゅっと口の端を結んだあと、弱々しくつぶやいた。

「わかってる、本当は、どうしたいかなんて。『他のみんなのために死ね』って言われる苦しさを、誰よりもあたしが一番、知ってるから」

膝を抱えてうずくまり、そのままササリスはしばらく静かだった。ぱちぱちと弾ける火が彼女の陰を揺らしていた。

少しして、肘で涙をぬぐったササリスが、顔を上げた。力強い、意志のこもった琥珀《こはく》色の目が、俺の目をのぞき込んでいる。

「決めたよ。もう迷わない。あたしは、何があってもこの子の笑顔を取り戻す」

ササリスは言った。たとえこの少女がどんな災禍を招くとしても、ほかの人を傷つけるからなんて理由で、見捨てたくない、と。

「それが、あたしの本当にやりたいことだから」

暖炉の火に照らされて、彼女の瞳にハイライトが灯る。毛先が緋色の少女の頭を優しく撫《な》でて、ササリスが慈愛にあふれる微笑《ほほえ》みを見せる。

「そうか」

フッ、俺の思考誘導が完璧すぎたな。まさかここまでうまく作戦がはまるなんて。自分の才能が恐ろしいぜ。

ササリスがはめ殺しの窓から外を見て、ぽつりとつぶやいた。

「雪、やんだね」

つかの間降り続いていた雪は、彼女が言う通り、姿を消していた。

◆◇

クロウたちが交易宿場についたころ、街道を南に下った鉱山都市に、一組の冒険者がいた。シロウたち一行である。

「わはぁ、すっごーいっ！　蒸気機関車だよ、蒸気機関車！　あたし、初めて見た！」

「あんまりはしゃぐなよ、ナッツ」

「わかってるわかってる！」

「本当にわかってるのかよ、遊びじゃなくて仕事なんだぞ？」

シロウはなんだか、手の焼ける妹の面倒を見ている気分になった。都会に憧れる少女然としたナッツを、ラーミアはほほえましく思いながら後方で見守っている。

「いいではないか。北の交易宿場についたら仕事なんだ。いまは羽を伸ばそう」

「ほら、ラーミアだってそう言ってるじゃん！」

勝ち誇った様子のナッツに、シロウが悔しそうに唸った。

「交易宿場に着くまでだからな」

ふてくされた捨《す》て台詞《ぜりふ》を吐いて、シロウは客車に乗り込んだ。本当にこんな鉄の塊が動くのだろうかと首をかしげる。しかも、動力源が蒸気だというのだからますます疑わしい。

だが、動いてしまえばそんな疑問は消え失《き》せ《う》た。

（すっげぇ、速い！）

この蒸気機関は客車をつなげてなお、最高速度で時速三十マイル近くを記録する。巨大な鉄の塊が風を切って進むというのは全くの未知の体験で、気づけばシロウはナッツと一緒になってはしゃいでいた。

（っと、いけないいけない。仕事なんだった、冒険者として、初めての）

シロウはぐっと拳を固めた。北へと延びる線路を望みながら、この先に待ち受ける交易宿場に思いをはせる。

「『交易宿場の自警団との連絡が不通、状況の確認を求める』、か」

いわゆる、調査系の依頼だ。最もポピュラーな討伐系の依頼と比べれば、立ち回り次第で戦闘を避けられる場合もあるのが特徴だ。他方、情報の全くない相手と戦闘することになる場合もあり、運と、冒険者としての立ち回りのうまさが求められる。

（なんだろう。胸がざわつく）

緊張しているのだろうか、とシロウは思った。いいや違うと首を振った。胸の奥から湧き上がるのは、もっと別の感覚だ。

たとえるならば、運命という大きな本流に呑み込まれ、抗うこともできずにいるような、漠然とした予感。

昏の乾くそれが、ただの予感ではなかったことを、シロウはすぐに知ることになる。

「なんだ、これ」

交易宿場駅に着いたシロウが町の中心に訪れると、そこに、名所であるはずの屋内市場はなかった。いや、痕跡は残されている。面影もある。だが、施設として機能しているかと言えば絶対に否だ。

「あんた、屋内市場に用があったのかい？　残念だったね、しばらくがれきの撤去で精いっぱいだよ！」

ぶつくさと悪態をついたのは、エネルギッシュな老婆だった。キャラコという布を使った衣服をまとい、若い者たちに「きびきび動きな！」と檄《げき》を飛ばしている。

「あんたらも見てないで手伝いな！　ったく、これだから最近の若いもんは。わたしが若いころはもっと」

シロウは喉を掴まれたように息苦しくなった。生まれ故郷にいた、説教が大好きなおばさんを思い出したのだ。ことあるごとに「いまどきの若いものは」と頭につけて年少をけなし、対照的に過去の栄光を延々繰り返し、挙句に話を聞いているのかと怒鳴るのだ。そんな記憶が蘇《よみがえ》り、シロウの口角が引きつる。

「話を聞いているのかい！」

シロウはげんなりした。ほらやっぱりだ。どうにか隙を見て抜け出そう、なんて決心はしかし、すぐに無駄と化した。

「よく見ればあんた、ここで暴れてたクソガキにそっくりだね。まさか身内じゃないだろうね。かーっ、やだやだ、血筋が悪いやつは――」

聞き捨てならない言葉だった。

「待ってください！　いま、なんて」

「あん？　いいさ、何度だって言ってあげるよ！　血筋が悪いやつは――」

「その前！」

「話を聞いているのかい！」

「そのあと！」

老婆は話の腰を折られて苛立《いらだ》たし気に、声を荒げた。

「ここで暴れてたクソガキにそっくりだって言ったんだよ！」

腑《ふ》に、落ちた。ここに来る道中からずっと感じていた焦燥感。その正体がなんなのか、はっきりとわかった。

「あいつだ」

シロウの脳裏をよぎったのは、冒険者試験会場で出会った一人の男の顔だ。シロウと瓜《うり》二つの容姿を持ち、同じくルーン魔法を操る、けれど手も足も出ないほどの実力者。

彼の名を、忘れたことは、一度もない。

「クロウ。あいつが、ここにいたんだ」

だから、いてもたってもいられなくなった。

「ナッツ、ラーミア！」

「うん」「ああ」

二人の仲間に声をかけ、走り出した。

「こら！　年上の話は最後まで聞かんか！」

老婆が叫び、彼らを呼び止めるが、シロウにしてみればこんなところで足止めを食らっている場合ではない。

「ごめんなさい！　また今度！」

ナッツとラーミアと手分けして、周囲の人に聞き込みを開始する。

当時の状況を知る者は多かった。

話を整理すると、自警団が銃声を鳴らしたことと、その相手がシロウとよく似た風貌だったことは間違いないらしい。

（クロウは自警団と争ったんだ。そして現状、自警団とは連絡がついていない）

この二つの事実を時系列順に並べれば、おのずと真実は浮かび上がってくる。

（やられたんだ、クロウに。そうとしか考えられない！）

シロウは、少し迷った。依頼内容である、状況の確認はほとんど達成した。誰が自警団に危害を加えたかは詳《つまび》らかになった。

問題は、引き際だ。理性は一度引けと訴えている。つい最近、クロウには手痛くやられたばかりだ。あれからシロウも修行を積んだが、正面からやり合って勝てるビジョンがまるで浮かばない。

加えて、どうやらクロウたちは三人組だったとの証言があり、シロウの知らない相手がいる危険性を示唆している。

だが、すごすごと引き返すのは感情で納得できなかった。

（この感覚、間違いない。あいつはまだ、この町にいる！）

北へ向かって聞き取り範囲を広げていくほどに、肌がざわつく。心ノ臓が、生きていたいと強く叫ぶ。耳鳴りが、宿敵と再び相まみえる危険を強烈に拒絶している。

理性も本能も、彼に立ち去ることを勧めていた。だがちっぽけなプライドが、それを是としなかった。ここで逃げ出せば、一生怯えて過ごさなければいけない予感がしたのだ。

そして交易宿場の北部、宿屋前を通りかかったシロウは、二重身を見た。緋色の目、白銀の髪。褐色の肌に黒い外套《がいとう》の男を、シロウは一日たりとも忘れたことがない。

「クロウ！」

シロウが叫ぶと、男は足を止めた。足というか、全身を一瞬、硬直させた。それからおもむろに振り返り、淡々とした口調で言葉を返す。

「お前か、なんの用だ」

「なにって、それは」

会って、言ってやりたいことがあった。そのはずだった。だが、いざ目の前にすると、頭が真っ白になって、言葉が何も出てこない。

「それは、あれだ。崩壊した屋内市場、あれは、お前がやったのか」

口をついて出たのは、そんな言葉だった。

「そんなことを聞くために、俺を追ってきたのか？」

「そんなことって、お前な！」

シロウはむっとして、この不遜な男に一言物申してやろうと決意した。歩み寄り、肩へと手を伸ばす。しかしクロウに軽くあしらわれる。

だから意固地になって、肩を掴んでやろうと躍起になるが、クロウはそれを許さない。

「しつこい」

「しつこくだってなるだろ！　本当のことを言うまで諦めないかんな！」

「俺がやった。これで満足か」

「かーっ、かわいくないやつだなぁ！　お前のせいでどれだけの人が迷惑したかわかってんのか！」

「興味ないな」

クロウがその場を立ち去ろうとする。

「あ、おい待てって！」

横目ににらまれ、シロウは全身が重くなったと感じた。まるで鉛の鎧《よろい》を身に着けたようだ。彼の意志に反して、足は一歩も動かない。いや、あるいは忠実に、彼の本心を映し出しているのかもしれない。

（勝て、ない）

戦って、一矢報いてやるつもりだった。勝てなくても、拳の一発叩《たた》き込むくらいしてやる意気込みだった。だが、こうしてにらまれてしまえば、恐怖に駆られ、戦うことすらなく敗北を喫してしまっている。

「なんで、なんでこんなことしたんだ！」

シロウにできた精一杯の反抗は、動機を尋ねることだった。

立ち去りかけていたクロウが足を止めた。シロウにできたのは、宿敵の気が変わらないうちに聞きたいことを投げかけることだけだ。

「自警団ってのは、治安を守る、正義の味方だろ。それと敵対するのは、なんでなんだよ」

クロウが振り返り、シロウの目をのぞき込んだ。

「フッ、本気で言っているのか？」

「なにがおかしいんだよ」

「正義を守ることが正義だというなら好きにしろ。俺はそれを正義とは思わないがな」

クロウが再び踵《きびす》を返《かえ》す。

「どういうことだ」

シロウが再び問いかけるが、今度はクロウも足を止めることはなかった。

彼の言葉の本意を、シロウはまだ知らない。

全身を突き抜けていく霜風が、ひどく身に染みる日の出来事だった。

◇◆

【神籬：コールドスリープ】

旅の支度に外出したらシロウと鉢合わせた件。運命ってのは数奇なんだな。即興劇だった割にはいい感じに立ち振る舞えたんじゃないかと思う。

「あ、師匠、お帰り！」

宿屋に引き返すとササリスが声を弾ませて俺を出迎えた。飛びついてきたのでとりあえず受け流してみる。

「みぎゃっ！」

廊下に向かってヘッドスライディングを決めたササリスが、向かいの壁に激突した。なんで受け止めてくれないの、みたいな目で見られても、逆になんで受け止めてもらえると思ったんだよ……。

「あ、あの」

暖炉のそばで、一人の少女の横顔が、弾ける炎に照らされている。毛先にかけて階調的な緋色に燃える少女だった。

「目が覚めたか」

「は、はい。ありがとうございました」

少女はわざわざ立ち上がり、がばりと頭を下げた。こうしてみると、線の細い少女にしか見えない。とても、あの惨状を呼び出した張本人とは思えない。

「ササリスさんからお聞きしました。自警団の皆さんをやっつけてくださったと」

ん？　ちょっと待て、それやったの俺じゃなくて――

「ストップ！　ここでドクターストップ！　師匠、ちょっとこっちに来て」

部屋の外からササリスの糸が伸び、俺を部屋の外へと引っ張り出した。扉を蹴って室内外を区切り、ササリスが俺の耳元でささやく。

「あの子、魔法を使った前後の記憶がないみたいなの」

ここに来て聖域の守り人虐殺事件の真犯人、あの少女説が再び浮上。皆殺しにされた一族に、記憶を失った少女、記憶を代償に発動する魔法。数え役満聴牌《テンパイ》じゃねえか。

「だから、何があったのかは言わないであげて。聖域の守り手はあの子にとっての家族同然だったみたいだから、それを殺したのが自分かもしれない、なんて思いつめさせたくないの」

少し、驚いた。ササリスって、こういう配慮もできるんだな。

「お願いだよ？」

ササリスの糸から解放されて、扉を開いて再び室内へと戻った。毛先が緋色の少女が何を相談していたのですかと聞きたげにそわそわしている。

「あの」

「クロウだ」

ササリスの名前を知っていたあたり、俺が外に出ている間に自己紹介は済ませたのだと推測できる。ということで俺も。

「ごめんなさい、挨拶が遅れました！　私、ヒアモリと申します」

ヒアモリか、ヒアモリね。覚えた。

ササリスがちょんちょんとヒアモリを小突いて、耳打ちする。

「あのねあのね、ヒアモリちゃん。ちなみに、私が彼の婚約者」

「えっ！」

おいこら堂々と嘘を吹き込むんじゃない！

「嘘をつくな」

「あはぁんっ」

罵るとササリスは身をくねらせて歓喜に悶《もだ》えた。くっ、手ごわい。

(さて、この間は言及する暇がなかったけど、ヒアモリは言っていた。彼女の父親は、山脈の果てにある里へ行っていた、と)

そしてその里は、どうやら一般に知られていない隠れ里らしい。

(俺が親父から預かった鍵も、大陸を縦断する山脈の北の果てにある隠れ里のもの)

二つの偶然が重なっただけとは考えにくい。一族の人間が根絶やしにされた以上、彼女は俺にとっても重要な参考人だ。どうにか、その隠れ里まで案内してもらいたい。

「ねえ、ヒアモリちゃん。一度、離れた場所に身を置かない？」

「え？」

おいこら待てササリス勝手に話を進めるな。現状ヒアモリが、親父殿から託された鍵の謎を紐解く唯一の手掛かりなんだよ。彼女には北の隠れ里までの道案内係という重大な任務があるんだ。それを阻むとは、どういう了見だ。

「教えてくれたよね、交易宿場での記憶が、一部欠けてるって。もしかするとそれは、心の傷が原因の記憶障害かもしれないの。もしそうなら、その傷を癒すことに一度専念するべきだと思うの」

ぐぬぬ！　確かに……！　俺は俺の目的に集中しすぎて、彼女の精神面まで意識が向いていなかった。こんなところでササリスに後れを取るなんて、屈辱だ。

「楽しいことなんて、生きていればいっぱいあるよ。いまは信じられないかもしれないけど。だから、時間が心の傷を塞いでくれるまで離れたところに行かない？」

悔しいけど、ササリスの言い分は正しい。ヒアモリはまだ幼いし、あまり追い込むのも非人道的というもの。

でもでも、俺のダークヒーロー像的に、そんな理由で同伴を躊躇《ちゅうちょ》するのも違う。

「嫌です！」

どうしたものか、と悩んでいると少しびっくりすることがあった。ヒアモリが鼻息を荒くし、酷《ひど》く興奮した様子で叫んだのだ。

「私は、私とお父さんの無実を証明したい！　この気持ちを思い出にすることが、幸せだなんて思わない！」

少女の慟哭《どうこく》にも似た叫びに、考えさせられる部分があった。

見くびっていたのかもしれない。年端もいかない少女だと。庇護《ひご》すべき存在なのだと、決めつけてかかっていたのかもしれない。

瞳に宿るハイライトに、確固たる意志を垣間見《かいまみ》た。

閃《ひらめ》いた。俺の出番だ。彼女の意志は強いようだが、一人でそれをするにはあまりにも実力が不足している。そこで俺がささやくのだ、悪魔のように、「力が欲しいか」と。

この展開ならそれが可能！　やるしかない！

「一つ、警告しておいてやる。真実は時に残酷だ。お前は、お前たち父娘《おやこ》の無実を信じているようだが、信じる信じないにかかわらず、受け入れがたい事実が待っている可能性だってある」

息を呑むヒアモリに、俺は淡々と問いかける。

「師匠！」

「黙っていろ」

そんな言い方しなくても、と言いたげなササリスの言葉には耳を傾けず、俺はじっとヒアモリの目をのぞき込んだ。

「それでも、真相を暴く覚悟があるか」

傷つくことを覚悟して、不安な気持ちに蓋をして、その上でなお、前に力強い一歩を踏み出せるのか。

存分に悩めばいいと思った。即座に答えが出るとも思っていなかった。悩んで悩んで、最後に従いたいと思える心が、本心だというのが持論だ。だから、彼女がそれを見つけられるまで、いつまでも待とうと、そう思った。

そんな俺の思惑を、ヒアモリは軽く一蹴した。

「当然です」

逡巡《しゅんじゅん》すらなかった。彼女の決意は、俺の想像をはるかに超えて硬かった。

「怖いのは、本当のことを知って傷つくことじゃないんです。私が本当に恐れているのは、傷つくことを恐れて、進むことも戻ることもできなくなることなんです」

だから、と少女は続ける。

「私は前に進みます」

たとえどんな結末が待ち構えているのだとしても、と付け加えた少女に、俺は優しい気持ちになれた。

(強いな)

ルーン魔法の盾が間に合わなかった光の魔法に限った話じゃない。彼女は心も強靭《きょうじん》だ。ますますいい。味方に抱き込みたい。

(よし、行くか)

部屋に置いていた旅嚢《りょのう》を拾い、再び廊下へ足を向ける。

「あ……」

ヒアモリの声が、弱々しく拡散した。

（あれ？　ヒアモリはついてこないのかな？）

と思ったけど、これあれか。これ以上は迷惑を掛けられないとか考えてるパターンか。

そんな難しいこと考えなくていいのに。困った。

俺にならって、旅支度を手早く終えたササリスが俺の後ろについてきて、部屋の出入り口付近で立ち止まり、大きな独り言をこぼした。

「あれれー、師匠師匠、あたしど忘れしちゃったんだけど、次の目的地ってどこだっけ？」

どうやって連れ出そうか考えていると、ササリスが助け舟を出してくれた。

「物忘れが激しいなら、病院に行けばいいと思う」

「そうじゃない！　そうじゃないッ！」

ササリスはダンダンと地団太を踏んだ。ほかの宿泊客に迷惑だからやめなさい。

ため息を一つ、ササリスの問いかけに答える。

「目的地は北の隠れ里だが、ひとまずはその道中にある聖域を目指すことになるな」

「あー、そうだったそうだった、あたしったらうっかりしてたよー」

こいつ演技へたくそだな。そう思った。

それからササリスはくるりと踵を返して、足先を、いまだ座ったままの少女ヒアモリへと向けた。

「一緒に来る？」

少女は目を大きく開いた。

「あ、あの！　助けていただいたことには感謝しています！　でも、私、恩を返せるあてがなくって、これ以上お二人の厄介になるわけには……」

「あたしは別に、恩を売ったつもりはないよ。あたしの自分勝手を貫いただけ」

本当だよな。そもそも俺の予定だと一人で旅する予定だったのに、こいつ勝手についてきただけだからな。

「あなたも、好きにすればいいんじゃないかな？」

ヒアモリはぼそりと「私の好きに？」とつぶやいた。

「私は、あの日起こった事件の、真相が知りたいんです。でも、そのためには、私じゃ力不足で、どうしようもなくって」

ヒアモリはいまにも泣きだしそうな声で、涙を必死にこらえて、頭を下げた。

「私をご一緒させてください」

「うん、もちろんだよ。ね、師匠？」

ササリスはヒアモリの頭をなでなでしていた。ヒアモリは頬をほのかに紅潮させていた。そんな彼女たちを見ていたら、俺はもう、何も言えなかった。

「好きにしろ」

ササリスがヒアモリに「師匠、あれで結構はずかしがりやさんなの」と吹き込んでいた。聞こえてるんだよ、嘘を吹き込むな。

「行くか、聖域目指して」

交易宿場を北門から出て、街道沿いにおよそ十キロ北上すると、先ほどまでの寒波が嘘のように和らぐ地点に差し掛かった。誰に言われるでもなく、感覚で思い知る。ここは外界とは何かが違う。

「もうすぐです」

街道は途中で途切れたが、機関車の線路を引くために、林の一部がすでに開拓されていた。おかげで道に迷うことなく、線路沿いに北上していけば、天へとそそり立つ一本の大きな木にたどり着く。

その巨木が神聖なものであるのは、一目で瞭然だった。紙垂《しで》のような飾りで飾られ、その幹にはひときわ精彩を放つ洞《うろ》が見える。傍《そば》には祭事に使うかがり火を灯す器具が備え付けられている。もっとも、明かりはとっくのとうに切れていて、寂しさをかもすばかりだったが。

「この洞が聖域か？」

そう問いかけたのは、この静謐《せいひつ》な雰囲気には似つかわしくない痕跡が残されていたからだ。つまり、足元に広がる、夥しい血の痕だ。酸化し、黒く固まった血液が、この地で起きた事件の凄惨さを物語っている。

「そうです。ここであの日、事件が起きたのです」

ヒアモリに尋ねると、彼女は小刻みにうなずき肯定した。ヒマワリの種を貪るハムスターみたいでかわいい。

（遺体は自警団に回収されたか）

機関車を走らせたと言っていたし、持ち帰るのも苦にならないだろう。現場を見ればわかることもあるかと考えたが、この場所でわかるのは圧倒的な力が振るわれたってことくらいだ。

(ん？　なんだ？　聖域から、誰か近づいてくる？)

聴覚には自信がある。だから気づいた。

ササリスが疑問符を発し、ヒアモリはササリスの陰に隠れた。俺は聖域と向かい合った。

「誰だ」

聖域に向かって声をかける。洞から砂霧があふれ出し、影法師が洞の中に揺れている。

ぺたり、ぺたり。そいつは水に濡《ぬ》れた素足で歩くように湿り気のある足音を立ててやってきた。

洞の奥から這《は》い出《で》てきた。

「マヅニシンタシ、ギニヂグヲ」

霧の中から顔をのぞかせたのは、人のようでいて人ではない、何かだ。顔は長く平たく鼻が大きい。前頭部が広く、眉骨が発達している。胴や四肢は筋肉質で短く、素肌の上から鎧を着込み、腰布を巻いている。

「ヒアモリの父親、ってわけじゃなさそうだな」

知っているぞ。俺は、お前が何者かを。

(何が聖域だ、って話だよな)

この樹洞は聖域なんて語っているが、その実態は墳墓に近い。そしてそこに眠りしは、かつて残虐の限りを尽くし、封印されし種族。

——古代文明人、だ。

彫りの深い男の眼窩《がんか》で目玉がぎょろりと動く。洞から這い出た男が俺を視界に収める。

「ムソユ！」

咆哮《ほうこう》とともに、ランスのように鋭い水が、らせんを描いてまい進する。穂先が狙いを定めるのは俺の腹。ずんぐりとした男の口元に、あざけりの笑みが浮かぶ。だが、その一撃が俺に届くことはなかった。

「—《イサ》」

水の槍《やり》が俺へと届くより早く、運動量をゼロにする。

「ジンナ、オゲヂメダタヂ！」

背の低い男は驚愕《きょうがく》に顔をゆがめた。信じられないものを見たとでも言いたげだ。

「驚くのはまだ早い《イチリゴニバマタバヨウ》」

ふははー、ルーンファンタジーをやりこんだ俺が、古代文明語を履修してないわけがないだろ！　転生してからも、いつかこんな日が来るかもと夢見ながら定期的に復習していた俺に隙は無い！　どうした、言葉が通じたことがそんなにびっくりか！

「う、うわぁっ！　師匠が、壊れた」

びっくりしてほしいのはお前じゃないんだよササリスッ！

「マザガ、グザマミ、バラガラタドダニガ」

誰が同胞だ！　俺と貴様が同格なわけないだろうが、いい加減にしろ！

「一緒にするなよ《ウドズユヌゾロナユ》、劣等種《レドヂオズヤ》」

水魔法の使い方を教えてやるよ。その身に刻め！

「ᛚ《ラグズ》」

水を意味するルーンが解き放たれる。古代文明の男が水魔法で対抗するが、格が違う。圧倒的力の前に、やつの抵抗など無力に等しい。

「ハガナ、ユオヨゴ……ユムカエドダニヌ……！」

それがやつの最期の言葉だった。ありがとう、お前のおかげで、今日も俺のカッコいいポイントが加算された。たとえほかの誰の心に残ることは無いとしても、俺だけは忘れないよ、お前の言葉を。


「いまの、なんだったの？」

ササリスが俺の裾を引く。あんまり驚いた感じじゃないな。まあ、魔物とか普通にいる世界だしな。

そういうこともあるか。

「いわゆる、アルバスの同族だ」

「アルバス？」

なんで初めて聞いた名前みたいなリアクションなんだよ。

「古代文明人」

「あー！　あのいけ好かない亡霊！　思い出した思い出した！　そうそう、そんな名前だった！」

覚えておいてやれよ、初代ラスボスなんだぞ。

「でもなんで？　あいつは霊体だったけど、いまのやつは実体をもって復活してたよね？」

俺も中を見たことはないが、きっと答えは洞の内側に広がっているはずだ。

「待ってください！」

洞に手をかけ、足を踏み入れようとした俺を、小さな手が押さえる。

「ダメです、聖域に立ち入っちゃ」

毛先が緋色の少女、ヒアモリだ。彼女はふるふると首を振って、俺が洞の内側を調べることを拒絶している。

聖域に立ち入ってはいけないという掟《おきて》を指しているのか、それともたったいま、聖域から出てきた古代文明人の危険性を説いているのか。

どちらにせよ、聞き入れる道理はないな。

「あ……っ」

ヒアモリの手を払って洞の中へと足を踏み入れた。その時、明確に世界が切り替わった感覚がした。

そこはまるで、巨大なジオラマだった。空を見上げれば、木々の隙間から陽光が差し込んでいる。あるいは森が一つ生えていると表現しても過言ではない。

昔、大阪城で、夏の陣図屏風《ずびょうぶ》をミニチュアで再現した展示を見たことがある。いまにも動き出しそうなそれらは、まるで命が灯っているようだと感じたのをふと思い出したのは、目の前に、等身大で似た状況が展開されていたからだ。

ここが、古代文明人が封印されている墳墓か。

(妙だな。俺の記憶が正しければ、この時期にはすでに、古代文明人の封印は解かれているはず)

なにせ聖域で惨劇が起きたのは数日前の話だ。守り人の惨殺事件が古代文明人によって引き起こされたものだとするのなら、封印はその時に解き放たれているはず。

だがここに列をなす者たちは、不完全ながら、いまだ封印された状態のままに見える。

立ち並ぶ者たちはみな、同じ方向を向いて果敢に攻勢を示している。まるで合戦の一幕を切り取ったような光景だ。

この先に何が待ち構えているのか。アルバスではないはずだ。アルバスの封印は、もっと別の場所だったと記憶している。ならば一体何が。この古代文明人たちは、何に向かっているのか。

(答えを知るには、先へ進むしかないわけだ)

上等だ。その秘密、俺が暴いてやるよ。

ザクザクと、無造作に聖域を踏み荒らし、奥へと足を運ぶ。森は静かだ。開けた空間にもかかわらず、俺の足音と呼吸だけが、やけに響く。

森の奥深くにあったのは、石の棺《ひつぎ》だ。苔《こけ》むし、樹木の根に巻き取られた石棺が、聖域の中心に腰を下ろしている。

棺の周りには文字が描かれていた。見たことがない文字だった。少なくとも、現代で使われている文字とも、ルーン文字とも全く別物だ。まして漢字のはずもない。

棺を観察していたから、気づいたことがある。棺に被った埃《ほこり》に偏りがある。妙だ。平地に安置された石棺なのだ。積もる塵《ちり》も平積みになるのが道理なんじゃないのか？

（誰かが一度ふたを開け、そのあとでもう一度ふたをした、とか？）

誰が、いったい、どうして。

そもそもこれは誰の墓なんだ。なぜほかの古代文明人と違い、この人物だけが納棺されているんだ。

わからないことだらけだ。

（開ければわかるか）

その面、拝ませてもらうぜ。いったい誰が入ってるんだ？

（こ、これは……！）

俺は自らの失態を悟った。考えれば当然のことなのに、どうして思い至らなかったのか。自分で自分が情けない。

（ミイラ化してて、わからねえ）

よくよく考えてみれば、仮にミイラ化してなかったとしても古代文明時代の人物だ。顔を見たところで判別がつくはずもなかった。

（いや、わかることもあるな）

古代文明人と現代人の祖には、明白な違いがある。操る言語もそうだが、何よりの違いは、その骨格である。ネアンデルタール人と新人くらい違う。

そして棺の中のミイラを見る限り、そこに眠るのは、俺たち現代人の祖であるようだった。

(時が凍ったように微動だにしない古代文明軍。棺に眠る人間)

その条件にぴたりと合致しそうな人物に、一人だけ心当たりがあった。

(いや、まさかな。考えすぎだろう……ん？)

ミイラの瞼《まぶた》が、ピクリと痙攣《けいれん》した。見開かれた瞼の奥には、眼球が欠けていた。もはや何も見えていないと思われる目はしかし、確実に俺をのぞき込んでいる。

そしてそのミイラは、干からびた腕を棺の外へと伸ばした。

「こいつ……ッ、まだ生きてるのか」

俺の予想が正しければ、その人物は俺の敵ではないはずなのだが、相手に攻撃の意志があるなら黙ってやられるわけにはいかない。

指先に魔力を込め、淡く光るその軌跡で紋章を描く。

「え」

虚空に描いた紋章を、俺はかき消した。

棺から身を乗り出したミイラは俺を気にも留《と》めず、俺の横を通り過ぎて行ったからだ。

横目に見た、陰る眼窩にギラつく執念じみたものを感じて、呼び止めるように振り返った。振り返ったところで、気づいた。

さきほどまで物言わぬ彫像同然だった古代文明人たちが、ぎこちないながらも、動き始めている。

(古代文明人の封印が、解けかかっている？)

どうしてこのタイミングで。いや、違う。このミイラが棺から解き放たれたからこそ、か？

もしそうだとするのなら。俺の推測が正しいのだとするのならば。この、ミイラの正体は。

『――ッ！』

無声の吶喊《とっかん》、裂帛《れっぱく》の気合がひりひりと肌を焼き尽くす。

既に死体同然だ。吹けば消える命だ。それなのに、この迫力、この存在感、間違いない。そうか。

「お前が、太古の昔に、アルバスを封印した――初代英雄か」

俺が目撃したのは、偉大な男の背中だった。

（強い）

ミイラは悲鳴を上げるようにもがき、苦しみながら、しかし古代文明人を的確に攻撃していく。

ミイラの攻撃を食らった古代文明人は、活動を再び停止してしまう。

（これが、太古の英雄だけが使えたとされる、伝承に伝わる原初の固有魔法――封印魔法！）

すっげ！　俺ってばいま、すごい場面に立ち会っちまってるんじゃね？

まさかここが、英雄の眠る土地だったなんて！　実質聖地巡礼じゃんね、これ！

「なるほど、聖域……！」

俺はいま、無性に感動している！

（あぁっ！）

しかしさすがに、ここに立ち並ぶ古代文明人全員を封印し直すのは不可能だった。干からびた体では筋力が足りない。速度が足りない。そしてスタミナが足りていない。

古代文明人の一撃を食らい、そこから一転、攻撃の主導権を掴めず防戦一方の展開を強いられている。

（あー、もう、じれったいな）

やっぱりね、俺がいないと盛り上がらないっつうの？

手伝わせてもらうぜ、初代英雄！　新時代を担う一翼としてな！

「ᚦ《スリサズ》」

解き放った魔法が、青い稲妻となって聖域を駆け抜ける。有象無象の古代文明人たちを一掃する。

太古の英雄が振り返る。そうだ、それでいい。その目に刻め、お前が切り開いた時代を生きる最強を！

「逃がすかよ」

空間を意味する一字、【宇】を発動することでルーン魔法の欠点である十メートルという射程のリミットをブレイク。光の波長が縮み、世界は青に染まった。紫外線、電磁波と偏移するまで空間の歪曲《わいきょく》は進み、視界が消滅する。

「ᚦ《スリサズ》」

ミイラの男だけを器用に避けて、稲妻は聖域中にほとばしる。通電で火災が起きて、森林が燃えていく。

『……』

ミイラの英雄は、つかの間、苦しそうな顔をした。歯を食いしばり、涙をこらえるような顔だ。

ミイラになって、顔の肉が落ち、視線も表情も変わらないのに、痛々しい心がダイレクトに伝わった。

何かを言いかけて、声が出ないことを思い出した様子で、旧《ふる》き英雄は自嘲気に肩をすくめた。いまにも崩れ落ちそうなおぼつかない足取りで英雄は俺に歩み寄り、グーを握った右手で俺の胸を叩いた。

頑張れよ。そう、語り掛けられた気がした。あるいは、次代は託した、だったのかもしれない。確かなことは、何か熱い思いを受け取ったことだ。

「ああ」

交わした言葉は、それだけだ。その言葉を聞いて、満足したように、ミイラの男はその場で事切れた。英雄も死ねば骸らしい。ついほんの少し前まで纏っていた気迫も存在感も消え失せて、妙な静かさだけがそこにある。

俺はミイラを担ぐと、石棺の場所まで引き返した。開いたままの石棺に安置し、黙とうをささげた。

どこまでも続く静寂が、耳にうるさかった。

「消火ーっ！　ぴぴーっ、火事です、火事です！　森林火災につき、師匠は速やかに帰ってきてください！」

「サ、ササリスさん！　聖域は立ち入り禁止なんですって！」

「いい？　ヒアモリちゃん。ルールは弱い人を守るためにあるのよ。誰かが作った決め事や規則に縛られる弱い人間になっちゃダメ」

「そ、そんなメチャクチャな」

おいこら！　いま俺がしんみりした空気に思いをはせてたところだっただろうが！　割り込んでくるんじゃねえよ！

（おいおい、あいつまじかよ）

巨大な水の塊が、森の上部に浮かんでいる。どんな制御の仕方をすれば、こんな凶悪な水属性魔法を自在に操れるのか。それが俺にはわからない。

「えい」

間の抜けた声とともに、水球、と呼ぶにはいささか巨大すぎる水分子の塊が、重力に従って自由落下を開始する。

（くそ、古代文明のやつらはともかくとして、英雄の墓を荒らすような真似《まね》してるんじゃねえよ！）

せっかくの感動を、ササリスの暴挙に吹き飛ばされてたまるか！

俺の全力をもって、この棺とその周辺だけは死守する！

「【結界】」

水球が飛来するより早く完成した文字魔法は、世界を内側と外側に二分した。膨大な水が、火災も、木々も、すべてを押し流していく。まるで津波だ。樹木を多量に呑み込んだ波が過ぎ去るのを、俺はただ静観することしかできない。

少しして、水がはけた時、あたり一帯は更地になっていた。俺が立ち入ったときの面影はどこにもない。

「あ！　師匠、見ーつけた！」

かくれんぼのテンションで言うな。

「う、うーん……」

ほらみろ！　ヒアモリがいまにも気絶しそうじゃないか！　聖域を踏み荒らすんじゃありません！

「師匠にだけは言われたくないよ。どうせこの森林火災、師匠のルーン魔法でしょ？」

黙秘権を行使します。

ササリスが頬を膨らませてぷりぷりと怒った。それからため息をつき、一言。

「さ、帰ろ、師匠」

ササリスが手を差し伸べながら歩み寄ってきた。

そうだな、帰るか。

謎はおおよそ解けた。

「みぎゃっ！」

あ、そういえば【結界】張ったままだった。内側と外側を断絶する無色透明の膜に、ササリスの体がべったりと張り付いた。

ササリスがぺたん座りで空を見上げ、叫ぶ。

「んもぅぅっ！　いじわるぅぅぅ！」

いや、そんなつもりなかったんだけどな……。

樹洞から引き返して、俺は聖域で見たことと、ここが聖域と呼ばれる所以《ゆえん》を共有した。

なんだか今日はしゃべりやすいな、と思ったら、ササリスが妙に真剣な様子で聞き入っている。

「つまり、聖域っていうのは太古の英雄が、悪《あ》しき種族を封印し続ける施設だった、ていうこと？」

しかもちゃんと話の内容を理解しているだと？　どうしたササリス、お前本当にササリスか？

「つまり英雄パイとか英雄キーホルダーとかを作れば爆発的な売り上げが……」

なんだ、また金の話じゃないか。安心した。ササリスがササリスで安心した。本日の本人確認ノルマ達成だな。

「話を戻すぞ」

まず、気になる点の一つ目だ。聖域には、何体もの古代文明人が封印されていた。だがそこに、アルバスの姿はなかった。

「この聖域に眠っていた古代文明人は、比較的力が弱い下級戦士ばかりだった。つまり、より強力な古代文明人は別の場所に、強力な封印術を掛けられて眠っている可能性が高いわけだ」

ササリスはあまり関心がない相槌《あいづち》を打った。たぶん興味は、英雄お土産をいかにしてご当地アイテム化するかにリソースを割かれている。

その点ヒアモリっていい子だなぁ。途中で割り込むこともせず、食い入るような眼《め》で傾聴してくれる。人懐っこい小動物みたいでかわいい。

「そして、もう一つ。俺が立ち入ったときには、すでに誰かが英雄の墓を暴いた形跡があった」

その墓荒らしが、何を目論んでいたかまではわからない。確かなことは、俺に先んじて英雄の墓に触れた誰かがいることだけだ。

俺たちが聖域に立ち入る前に這い出てきた古代文明人、あれは英雄の墓が暴かれたときに弱まった封印を、数日の時間をかけて自力で解いた個体だったのではないだろうか。

俺が立ち入った時点で封印されていた古代文明人は聖域もろとも葬ったが、何体かはすでに聖域を抜け出していた可能性もある。

「おそらく、墓を荒らしたのは、ヒアモリが巻き込まれた事件に関係している誰かだ」

そしてそれは、言い換えればそれ以上のことはこの聖域からは判明しなかったということを示している。

「謎を紐解く鍵は、やはり北の隠れ里か」

聖域の守り人が古代文明人と旧き英雄の墓守で、彼らが北の隠れ里と関与しているというのなら、俺が首にかけるこの小さな鍵の出どころにも見当がつくというもの。

旧時代の遺産だ。それもおそらく、古代文明か英雄のどちらかに関係する品物だ。そう考えれば、最も恐ろしい秘境という説明文の意味も理解できる。

バラバラだったピースが、奇妙なところで噛《か》み合っていく。そんな感覚に落ちる。

「行くか、北へ」

ヒアモリの話だと徒歩三日くらいで着くらしい。のんびり行こうぜ。

吹雪《ふぶ》いてきた。猛烈に。困った。

舞い踊る白銀のカーテンが、俺たちの行く手を阻む。ほんの数メートル先の景色ですら真白に染まり、確かではない。

こうも吹雪が続くと、もはや自分がどっちへ向いて歩いているのかすらわからなくなってくる。

「えーん、師匠ー、どこー」

抱き着きながら言うんじゃありません。密着した状態で見失うわけがないだろう。視界が雪に埋もれてるのをいいことに、どさくさに紛れるな。いい加減にしろ。

まずいな、このままだとまずい。俺の精神が摩耗する。吹雪の中を進むのは危険だ。かと言って、もう数キロも聖域から離れたし、引き返すのも少しもったいない。ここで引き返そうものなら食料の都合で、交易宿場まで戻らないといけない可能性まである。

へいヒアモリ。このあたりに土地勘はないか？　この周囲で雪をしのげる場所を教えて。

「もう少しすれば遺跡があるはずです」

よし、じゃあそこまで行って、雪がやむのを待とう。

「でも、これだけ激しい吹雪だとうっかり、見落としてしまわないか心配です」

確かに。指先の感覚がなくなる雪だ。遺跡の脇を通り過ぎてしまう可能性は十二分にある。このあたりの地形を把握しているヒアモリが頼みの綱だ。

「あ、それは大丈夫だよ？」

ササリスが胸を張った。背中側にいる彼女の動きが手に取るようにわかったのは、彼女がいまだに俺にくっついて離れていないからだ。歩きづらいったらありゃしない。

で、何だ、ササリス。何が大丈夫なんだ。

「遺跡っぽい場所なら、もう見つけたから！」

は？

「靭性を持たせた魔力糸の先を水魔法で包んで、ぽいぽいぽいっと遠くへ投げてね？」

見えやすいように、太い魔力糸を俺の前で編み、ササリスが放射線状にまき散らす。蜘蛛かな？

「そこに、柔軟性が高くて強くたわむ糸を橋渡ししていってね？」

ササリスを中心にらせんが描かれ、放射線状に伸びた糸に小道を増設していく。

(蜘蛛《くも》の巣《す》だ、これ)

最初に放った糸が縦糸で、らせんを描かせた糸が横糸。

「糸の歪《ゆが》み方を調べたら、周囲の状況を把握できるってわけ！　すごいでしょ？　すごいよね！」

ササリスが褒めてほめてとほおずりしてくるので、一言だけ。

お前、この吹雪があったところでなにも困ってないな、さては。

「あ」

墓穴を掘ったな！　おら、とっとと離れろ！

「いやぁぁぁっ！　この手は絶対放さないのぉぉぉっ！」

ぐぬぬ！　なんでこういうときだけ力強いんだよ！

「あの、それで、遺跡の場所は？」

　あきれた様子でヒアモリがつぶやく。

「……えへ？」

　ササリスがドジっ子アピールしたが、俺にはわかる。これはもう見つけてる。

「言え」

「いやー、まさかあたしの索敵範囲の外にあるとは予想外だったねー。うーん、これは遺跡が見つかるまでこうしてるしかないかなー」

「言え」

「あたしもね、申し訳ないな、って思ってるんだよ？　本当だよ？　でも近場に見当たらないんじゃしょうがないよね？」

　さっき見つけたって言ってたよな？　な？

　いまになってごまかせるものかよ。近場にあるとわかればこっちのもんだ。

「く《ケナズ》」

　ササリスが張り巡らせた魔力の糸に火を灯す。眼前広がる雪景色の中で、紅色の炎が揺らめいている。

「あーっ！　ずるいずるい！　せっかく場所を秘密にしたのに！」

　場所を秘密にする方がよっぽど悪質だろうが。

　さて、一か所だけ不自然な盛り上がり方をした火の手が遺跡の場所を教えてくれる。急ごう。

「ふんにゅ〜！」

緊急避難場所へ駆けだそうとする俺を、ササリスが全力で食い止めてくる。

（こいつ……！）

楔《くさび》のように地面に張り付き動こうとしないササリスと、是が非でも遺跡まで移動したい俺の全力バトルが始まった。

——ᚢ《ウルズ》。

全力の身体強化で、雪の積もる大地を踏みしめる。

ササリスが苦しい声をこぼした。

ふはは、どうやら決してしまったようだな、この醜い争いの勝者は！　自ら弟子を名乗り始めたお前が俺に敵《かな》う道理なんて無いんだよ！

「むみゃぁぁぁっ！」

しがみつくササリスを引きずりながら遺跡へ急いだ。

命を奪うような音を立てて吹きすさぶ雪の嵐の日の出来事だった。嘘のようだけど。


遺跡に立ち入ると、吹雪の音が遠のいていく。ここ以外にも出入り口があるのか、空気がよどんでいる気配はないが、遺跡の内部は温かい。この感覚はつい最近も体験している。聖域だ。聖域の付近とこの遺跡は、どこか似通った部分がある。

経費をケチり、樹脂を練りこんだ松明《たいまつ》に火を灯し、遺跡の内部を探索する。壁面に使われている石材はかなり古い。大きな地震があれば簡単に崩落しかねない危うさがある。

「ひっく、ひっく」

腰を下ろして雪がやむのを待てる部屋を探す俺の後ろを、ササリスがしゃくりを上げながらとぼとぼとついてくる。

「あの、ササリスさん、悲しい気持ちはわかりますが」

「しゃっくりが……っ」

おい。返せ。ヒアモリの気遣いを返せ。

ヒアモリもなんとか言ってやれ。

「おばあちゃんから聞いたことがあります。しゃっくりが止まらない時はびっくりするといいとか」

いい子かよ。優しいなぁ。

「でもでも、いきなり驚かせるとびっくりしてしまいますから先に言っておきますね。私はこれからヒアモリさんを驚かせます！」

「あれ？　それ本当にびっくりさせようとしてくれ――ひっく」

よろめいたササリスが壁に手をかける。手をかけた石レンガが押下され、ガコンという音が響く。

「あっ」

ぐらぐらと石を積んだ壁が土煙を巻き上げる。胃が震える重低音が響き渡る。石積みの壁が、崩落する。

まさか、隠し通路か？

ヒアモリに視線で疑問を投げかけるが、彼女はふるふると首を横に振るだけだった。口はわずかに開かれたまま、一向にとじられる様子がない。目は大きく見開かれ、しかし黒目は緊縮している。

「よよよ、予想通り……！　隠し通路を一発で見抜くなんて、あたしったら天才だね！」

おい、しゃっくりが止まってるぞ。

「さすがですササリスさん！」

ヒアモリが目をキラキラさせてササリスを見上げている。まぶしい。彼女の純真さがまぶしい。

ササリスもさすがにバツが悪そうで、目線を合わせられずにいるみたいだった。見習っていけ？

「知りませんでした、こんなところに通路があったなんて」

ヒアモリが少し背伸びして、前のめりに、前方に広がる闇をのぞいている。松明の明かりに照らされた彼女の顔は、外の吹雪で赤く腫れていた。お転婆さんみたいでかわいい。

松明を持っている俺が先頭で道を照らし、遺跡を奥へと進んでいくと、背後でがらがらと物音がした。

「あ、あれ？　あたしたちが入ってきた道は？」

「塞がれて、ますか？」

一度引き返して確認してみると、幻影でも何でもなく、崩れたはずの石積みが、再び壁を形成している。

（なんらかの魔法か？）

新発見かと思ったが、過去にも誰かが発見している通路の可能性があるらしい。

一応、そのことを頭に残しておき、再び先を目指す。一抹の不安と、この先に何が待ち構えるのかと思う高揚感。しかしその両方を裏切るかのように、隠し通路は淡白に、同じような道を延々と繰り返している。

通路の太さも、壁の素材も、柱の造りも、隠し通路以外のそれと比べても変哲がない。ホラーよろしく、同じ場所をぐるぐるしているんじゃないかと後ろを振り返ってみるが、もはや俺たちがやってきた壁は遠い闇の向こう。どうやら無限回廊ではないらしい。

しばらく歩いていくと、壁面の様子が変わった。壁を構成する石材に変化が現れた。先ほどまでは、ほとんど加工されていないまま積み上げられていた石の壁が、ある程度奥まで来たところで、加工され、統一規格の直方体を敷き詰めたような構造にがらりと切り替わっている。

そしてその壁には、不思議な模様が刻み込まれていた。

(壁画だ)

その壁画は、シンメトリー構図で描かれていた。頭の平たい、ずんぐりした生物が中心に大きく描かれていて、その下に人らしき絵が並んでいる。

「師匠！　この壁画に描かれている頭のへらべったい生き物、聖域から出てきたやつそっくりだよ！」

「クロウさん、もしかして、この、下に描かれているのは人ではないでしょうか」

壁画は、ずっと奥まで連なっていた。柱を時代の節目とするように、歴史の転換点を連続して描いていく。

歴史の足跡をたどるのは、精神的苦痛を伴う作業になった。壁画のストーリーは、魔法の得意な種族が不得意な種族を従える時代を記している。

（そうか。俺が知っている歴史は、古代文明が支配する時代に終止符を打った英雄譚《たん》が始まりだが、歴史はそれ以前から続いているんだ）

古代文明が、世界を支配していた時代。この遺跡に描かれているのはそれだった。

「見てください、クロウさん。この一枚だけ、人が古代文明人と同じ大きさで取り上げられています」

他の絵画はそうではない。この歴史の主役は、ここまで一貫して古代文明だった。だが、その壁画は、古代文明人と俺たちの祖先が結ばれる図としか思えない。

向かい合うつがいの中心には、一人の子が描かれていた。まるで天からの授かり物のように、後光を浴びて舞い降りる赤子を、二人の男女が手を伸ばして迎え入れる図が描かれている。

「幸せは、長続きしなかったみたいですね」

その次に描かれていたのは、古代文明と現代文明。両方の種族からつまはじきにされる少年の図だった。その少年を見た時、強烈な既視感を覚えた。だが、記憶をたどっても核心に近づく気配がない。つまり、量産型のモブ顔というやつなのだろう。うん。

「古代文明人からも、私たちの祖先からも嫌われた少年の唯一のよりどころは、彼の両親だったんですね。それなのに」

父親は、同族から裏切者《うらぎりもの》として処罰されたようだった。母親は、彼を守って殺されたのだとうかがえた。

悲しみに暮れる少年は、力を求めた。理不尽を覆す、圧倒的な力を。

そこまで来て、俺はようやく気づいた。遅すぎたくらいだ。既視感の正体は、お前だったんだ。

「アルバス」

古代文明の、覇王となった男だ。

歴史は先へと続いている。

「壁画を見る限り、太古の覇王は、現代人の祖先も古代文明人も、等しく従えていたようです。たぶん、恐怖によって」

そこから先の壁画に描かれているアルバスの周囲には臣下と思われる者たちの姿が描かれている。

だがしかし、彼に寄り添うものは一人としていなかった。視線を追えば、アルバスは常に壁画を見つめる俺たちを見据え、しかし彼が従える者たちは、誰一人としてアルバスの方を見ていない。

「その悪夢の時代を終わらせるために、立ち上がった者たちがいた……！　それがきっと、私たちのご先祖様！」

すごい！　と昂奮《こうふん》した様子でヒアモリが叫んだとき、背筋をざわざわとした悪寒が走った。

「きゃぁっ！」

「ヒアモリ！」

根拠のない直感に身をゆだね、ヒアモリの首根っこを掴み、その場を飛びのいた。嫌な予感が的中したと確信したのは、天井が崩落する様子を目視してからだ。ヒアモリがいた場所を狙いすましたかのように、天井が、彼女を生き埋めにしようと迫っていた。

(天井が崩落して分断されてしまったか)

崩落した天井の向こう側でササリスの声がする。

「師匠！　ヒアモリちゃん！　大丈夫？」

「ササリスさん！　私たちは無事です！　クロウさんが助けてくれました！」

向こうも、無事そうだな。いや、まあ、ササリスがこの程度のアクシデントでくたばるだなんて微塵《みじん》も思っちゃいないけれど。

(分断されてしまったものは仕方ない。一度、お互い別の出入り口を探して、遺跡の外で合流を図り――)

「はいどぉーん！」

俺は自分の目を疑った。目をこすり、二度三度とまぶたを閉じて開いてを繰り返して、見間違いではないかと確認した。

「危ないところだったね！　でも大丈夫、あたしが来た！」

サムズアップしたササリスが、崩落した天井を粉微塵に切り刻み、水魔法でがれきを除去し終えている。

こいつやば。

「すごいですササリスさん！」

「でしょでしょ」

ぴょこぴょこと駆け寄ったヒアモリの頭をササリスがよしよしとなでている。ヒアモリは目を細めて気持ちよさそうにしている。かわいい。

「しっかし」

ひゅんとササリスが腕をしならせると、魔力糸が俺の顔のすぐわきを追い越していった。見れば矢が空中でササリスの糸に縛られていて、空間に縫い留められている。

「隠し通路の次は罠《わな》の温床？　この遺跡を造ったやつらは、いったいどんだけやましいことをしてたのさ」

その予想は、一つ思いついている。

(壁画に描かれていたアルバスに支配されていた一族。そして、悪夢のような時代に立ち向かった人類史。もしかすると、この遺跡を造った人たちは、アルバスの支配に逆らった反乱軍なんじゃないか？)

確証はないけれど、そんな予感がする。

「師匠」

「ササリス、お前も気づいたか」

「うん」

ササリスも同じ考えに至ったらしい。俺は無言でうなずいて、その発想を肯定する。

「聖域から近いし、向こうとセットで観光名所化しようと思ったけど、ちょっとこの遺跡は改修費用と維持費が厳しそうだよね」

待て、話が噛み合ってない絶対に。さっきの俺の首肯を返せよ。

「ここから先は壁画も描かれてないね。引き返そっか」

お前だけここに来た目的がなんか違うよな？　俺やヒアモリが歴史に思いをはせてる間、お前は何をやっていたの？

「あ、ササリスさん、待ってください」

ヒアモリがササリスを呼び止めた。そうだ。いいぞヒアモリ。その自由奔放な金の亡者に、一言ガツンと言ってやれ。

「この隠し通路、たぶん、北に向かって延びています。もしかしたら、この通路を抜けると、隠れ里への近道になっているかもしれません」

文句じゃないのか。この子、心が清らかすぎる。鬼悪魔のササリスと対照的に、心に天使が住んでいるに違いない。

「うーん、言いたいことはわかるけど、これでこの先が行き止まりだったら……あれ？　ちょっと待って？」

ササリスがこめかみに手を当てて、うんうん唸っている。「何か思い出せそうなんだよね」とつぶやいている。

「あ、そうだ。そうだよ。ヒアモリちゃん、言ってたよね。お父さんは徒歩で三日もかかる北の里へ荷物を届けに行っていたって」

「は、はい」

ササリスは口に手を当て、しばらく黙りこくった。何を考えているのか、おおよそ見当はついた。そして多分、それは、ヒアモリも同じだ。

「お父さんは」

ヒアモリが、唇を震わせながらつぶやいた。

「この隠し通路の存在を、知っていたのでしょうか」

徒歩で三日かかるというのは、きっと、雪山を越えた場合の話だ。この遺跡を通り、近道をした場合、もっと短い時間で往復が可能かもしれない。

(もし、この仮説が真だとするならば、ヒアモリの父親の当日不在主張は成立しなくなる)

聖域に立ち入った犯人が彼女の父親である可能性が高くなる。

(もちろん、この先が行き止まりだった場合に、北の隠れ里で彼女の父親の目撃証言があれば、立派なアリバイになる。そのうえ、証言してくれる人を引っ張り出すことができれば無実を証明できるかもしれない)

二つの状態が重なっていた。父親の立場を危うくする危険性と、無実を証明できる可能性。

もし、真実を知るのが怖いなら、ここで引き返すのも一つの手だ。

ササリスも、そのことについて考えを巡らせているのだろう。即断即決電撃戦術を得意とする彼女が、珍しく熟考している。

「大丈夫です」

沈黙を破ったのはヒアモリだ。

「この先に進めば、お父さんの立場を良くも悪くも変化させる可能性があることは、もう、覚悟できています」

それでも、と。両手の拳を固く握りしめ、力強い瞳で、少女は俺たちに訴えかける。

「だから、大丈夫です。いえ、連れて行ってください。私が、真実と、向き合うために」

ササリスがちらりと俺を見たのがわかった。俺は目を合わせることもせず、ただただ目を伏せた。

「そうだね。わかった」

ヒアモリと向き直ったササリスが、彼女に向かって手を差し伸べる。

「進もう、前へ、一緒に」


一連の壁画は、覇王アルバスと、覇王を封印することになる英雄、並びにその十一人の仲間が平和を取り戻したところで終わっていた。

通路は先へと続いているが、それ以降、壁面には何も書かれていない。

松明の明かりを頼りに、先を目指してどれだけの時間がたっただろうか。ササリスが震える声でつぶやいた。

「うぅ、なんだか寒くなってきたね……あ」

俺たちの前方を照らす松明が、大きな影を映した。何かに気づいたササリスが前へと躍り出て、松明の明かりを遮ったからだ。しかし、ササリスが前方へと駆けていくほどに、影は小さく縮んでいく。やがて、ササリスが立ち止まったとき、その目の前には壁が立ちはだかっていた。

「ヒアモリちゃん、やっぱり行き止まりみたい。ここをあなたのお父さんが通って近道したってことはなさそうだよ」

ササリスが穏やかな口調で語り掛けるが、ヒアモリの表情は険しいままだ。彼女も、何かを感じ取ったのかもしれない。

「ササリスさん。この通路は、聖域側からくるときも、入り口が壁でふさがれていましたよね」

ササリスは、少し諦めがついたような、あるいはヒアモリの強さを改めて知ったような、優しい顔を見せた。つらい現実から目を背けようとしていた過去のササリスとは違う。ヒアモリはきちんと現在を受け止めようとしている。その違いを、いまは、ササリスも受け止められるようになっていた。

ちなみに、耳がいい俺は少し前から気づいていた。風の音がする。外の世界が近づいている。そして、最初から仕掛けがあると思って向き合ってみれば、それがどこにあるかも見分けがつく。

ササリスが入り口で押したのと同種と思われるトリガーを、今度は意図的に、押下する。

重量のある崩落音が、遺跡の内部に響き渡った。

崩れた岩壁から土煙が巻き上がり、間髪入れずに発動したササリスの水魔法が、それらを巻き取り、汚泥として地面にばらまかれる。飛び散った汚泥は、ササリスの水魔法で洗い流される。

扉を抜けて、角を一つ曲がると、光が差し込んでいた。

「外に、やっぱりお父さんは、ここを通って」

満天の星々が、凍《い》てつく夜空に瞬《またた》いていた。

白い吐息の向こうに見える星の海は、ひときわまぶしく遠い存在に映る。

「で、でも、ほら、この先に、言っていた隠れ里があるとは限らなくない？　まだわからないって。ヒアモリちゃんのお父さんが、聖域にいたはずがないって証明できる可能性も」

「ササリスさん、ごめんなさい。それは、難しそうです」

最初に目に入った景色が星空だったのは、洞窟の出口が小高い山の、切り立った崖にできていたからだ。そこから視線を下におろせば、すり鉢状の谷に、人の営みの明かりが、ぽつぽつと灯っている。

自警団の男が言っていた。聖域より北に、里なんてない、と。ヒアモリは言っていた。聖域から三日ほど行ったところに、里があると。

二つの意見を総合するに、答えは一つしかない。

「きっとここが、雪の中にたたずむ隠れ里」

ヒアモリの父が、事件の起きた日にいたはずの場所であり、聖域の事件を紐解く鍵が眠っているかもしれない場所であり、そして——

（ここが、親父殿と俺の、約束の地）

ようやく、ここまで来た。

眼下に望む町明かりを前に、俺の気持ちが静まるのは、しばらく後になりそうだった。

【神籬：奥義継承】

大陸を東西に分断する山脈の北の果てに、大きなすり鉢状の盆地がある。段丘面に建てられた家屋はどれも古い造りをしていて、ひっそりとたたずむ隠れ里の様相を呈している。

点々と灯る、暮らしの痕跡、家々の明かりを頼りに視線を巡らせれば、谷底に、ひときわ大きな家屋がたっている。それを里長の家と仮定して斜面を下ろうとすると、木製の杭《くい》が行く手を拒むように崖に打ち込まれていて、降りることを良しとしてくれない。よそ者を拒むように、すり鉢状の盆地を囲んで、何層もの柵が防衛線を敷いている。

「すごい警戒態勢ですね、クロウさん。この里の人たちはいったい、何を警戒しているのでしょう」

「おそらく、あれだろうな」

谷底を指さすと、段丘面から身を乗り出すようにヒアモリが指先を視線で追いかけた。そこに、ゆらゆらと揺れる明かりが、残光で尾を引いている。

男たちは、黒い影と争っていた。

◆◇

すり鉢状の盆地の底では、クロスボウを構えた住民たちが黒い影をにらんでいた。

「皆の者、撃つのじゃぁぁぁ！」

立派な髭《ひげ》を蓄えた、ゴリアテのような巨漢が叫んだ。寒空によく響く太い声は、岩場で繰り返し弾かれ、星が瞬く夜空へと駆けあがっていく。

号令を皮切りに、一斉に、矢が空を切る音が響いた。ドスドスと鈍い音を立てて、クロスボウから放たれた矢が、黒い影の肌へと突き刺さっていく。

「ギサガズウ！」

二足で立つ黒い影は、大地が震えるような声を上げると、手を使い、皮膚に突き刺さった矢を一本一本、乱雑に抜いていった。栓を抜いたシャンパンのように、影から体液が飛び散る。

だがしかし、噴き出していた血は、瞬く間に勢いを失っていく。穴をあけていたはずの肉と肌が再生し、傷口がふさがっていく。

「そ、そんな」

「クロスボウが、まるで効いていない」

「化け、物」

二足の影はてくてくと歩き、少し駆け足になり、大地を蹴り出して加速した。

「むぅ……！」

がたいのいい爺《じい》さんはバトルアックスを振りかぶると、黒い影の突進に呼吸を合わせて迎え撃った。星明かりに照らされて鈍く輝くアックスの刃が、クロスカウンターの要領で黒い影の肌を裂き、肉をえぐり、夥しい出血を強要する。

「ジニデウチガ」

老公の目じりが張り裂けんばかりに、そのまぶたが大きく押し上げられる。あまりにも非現実的な光景。人であれば致命傷となる一撃を食らいながら、黒い影の化け物はまるでひるまない。突進の勢いを殺さず、手を伸ばし、老公の、頭皮がむき出しとなった頭をむんずと掴み、顔を近づける。

「ぐ、ああッぁアァぁあっ！」

黒い影は老公の肩に食らいつくと、強靭な顎でその肉をかみちぎった。その瞬間に、図体《ずうたい》の大きな老体は、肩から先が使い物にならなくなるのを感じた。

「お、のれぇぇぇぇっ！」

老公が、反対の腕を引き絞り、振り抜く。風を切ってまい進した拳をしかし、黒い影は紙一重のところで躱《かわ》し、バックステップを踏む。

影はもっきゅもっきゅと、かみちぎった肉を咀嚼《そしゃく》し、しかしぺっと吐き出した。口元の血を腕で拭い、口角を吊り上げて三日月のような笑みを浮かべる。

「里長《さとおさ》、里長ッ、しっかりしてください！」

「ゼエ……ゼエ、大、丈夫じゃ」

里長の目は、黒い影をじっと見つめていた。その目には眼前の敵対者しか映っていない。周囲に視線を向ける必要がなかった。幼少より過ごした生まれ故郷は、たとえ視界に入れずとも、どこに何があるのかが肌で感じ取れた。

（もはや、これまで、か）

かみしめた奥歯から、鉄の味が口内に広がった。悔しさと、申し訳なさでいっぱいだった。

（申し訳ない、皆の者。申し訳ない、我らの祖よ）

この地を守り抜くことは、太古の昔からの、契約だった。これまで、連綿と受け継がれてきたその約束を、自分の代で破ってしまうことに、胸が張り裂けんばかりの苦しみが襲った。

だが。

「スガンクレガ」

黒い影がつぶやいたとき、その目にもはや、里長の姿は映っていなかった。妙に焦った様子で、舌打ちをし、杭を打ち込んだ岸壁を、獣のように素早く駆け上がっていく。

（なんだ、あれは、赤い蒸気？）

黒い影の表皮から、紅色の煙が噴き出していた。化け物は苦しそうに呻《うめ》きながら、必死に岩山を登っている。

「皆の衆！　やつを逃がすな！　ここで、仕留めるのだ！」

怒号にも似た、里長の号令が岩山を震わせた。

びりびりとした闘気に発破をかけられ、クロスボウを構えた住民たちが、紅色の煙を吐き出す黒い影を狙い、矢継ぎ早に射撃を繰り返す。

「ダ、ダメです！　動きが素早く、とても当たりません！」

クロスボウの射程は、もともと長くない。まして、ターゲットが煙を噴き、常に煙幕に身を隠しているとなればなおさらだ。

（ぐっ、無理か）

バトルアックスを杖代《つえ》わりにした、大きな爺さんが、岩山を駆け上がっていく真っ赤な煙を、悔しそうに見つめている。

（今回の防衛戦で、我らは甚大な被害を受けた。次にやつが来たとき、迎え撃てるか？）

老公は首を振った。立派な髭《ひげ》が、彼の首の動きに合わせて左右に揺れる。

（いや、やらねばなるまい。この大地を守る長として。次にやつが来る、それまでに体制を整えて――）

そこで、図体の大きい老人の思考は、プツリと途絶えた。気を失ったからではない。

赤い煙を噴きだす黒い影が向かう先に、淡く光る、ほのかに青みがかった紋章を見たからだ。

（まさか、まさかあの紋章は！）

其《それ》は、見るものを魅了する艶美な輝き。

老公は、もう十年以上昔に、それを一度だけ見たことがある。

――く《ケナズ》。

◇◆

なんか来た！

気持ち悪ぃ！

人みたいな骨格の化け物が、四本足で岩壁を這いずり回って、こっちに迫ってくる！

「ジギヲ、チゲェェエ！」

なんだ、古代文明人か。ビビらせやがって。

「醜いな」

く《ケナズ》の紋章を描き、迎撃する。青色の炎が、すり鉢状の盆地を昼間のように明るく照らし出す。

「ジンナ、ジンナハガナ！」

ところがどっこい、これが現実。

「失せろ」

青い炎が、這い出てきた古代文明人を跡形もなく消し炭にした。骨も、灰も後には残らない。

ふぅ。ゴキブリを倒したみたいに達成感があるな。

「師匠、師匠」

なんだ、ササリス。

「まだ、終わりじゃないみたいだよ」

「あ？」

膝を抱えるようにしゃがんで寒さをしのいでいるササリスが、小さく指先を谷底へと向けた。ササリスの言わんとすることは理解できた。ゆらゆらと揺れる炎の明かりが、岩壁を軽々と登攀《とうはん》してきている。

敵か、敵以外か。少し身構え、いつでも文字魔法を使えるように心構えだけは済ませておく。

果たして、崖を登ってきたのは、

「うキ、キキィ」

猿だった。まごうこと無き、猿だった。猿は尻尾で松明を巻き取り、あたりを照らしている。

「ききぃ」

猿は俺の顔を見ると、真っ赤な顔いっぱいに笑顔を見せて、とびかかってきた。やはり敵か？

なら容赦はしない、ケナ――。

「汚い手で師匠に触れるな！」

「ウ、ギ、ィ」

猿の爪が俺をひっかく寸前、猿は重力に縛られるように鉛直方向に落下した。苦しみに声を漏らす猿と対照的に、ササリスは昂奮した猫のように「フシャー！」と猿を威嚇している。

猿は誤解だと言わんばかりにぶんぶん首を振った。ササリスは「フーッフー！」と手を広げ、体を大きく見せて威嚇を続ける。

なんでお前ら言葉が通じ合ってるの？

「あの、クロウさん。もしかしてこのお猿さん、私たちを道案内しようとしてくれたんじゃないでしょうか？」

猿はヒアモリの言葉を肯定するように、勢いよく何度もうなずいた。ササリスの糸に縫い付けられているため、首肯を示すたびに額を地面に打ち付けている。

「やっぱり、そうなんですね？」

「きっキキぃっ」

「えへへ、もう大丈夫だよ？　あなた、名前は？」

なんでヒアモリまで猿の言葉がわかるの？

あれ？　俺がおかしいのか？　あれ？

「ササリス、放してやれ」

「むぅ。まあ、師匠がそういうなら」

しぶしぶ、といった様子でササリスが糸魔法を解除した。自由を得た猿が、谷底を望み、尻尾をくいくいと巻いて松明の明かりを揺らし、俺たちを招いた。

道と呼ぶには険しい斜面を下って、すり鉢状の盆地の最下層にたどり着いた。山から見た、一番大きな家屋のある場所だ。

俺たちを導いた猿は軽快な身のこなしで家屋の扉を開け放つと、家の中に入り、俺たちが後に続くのをそわそわしながら待っている。

家は何もかもが大きく作られていた。ドアの背は三メートル近くあったし、インテリアも超ド級のサイズでそろえられている。まるで自分が子どもに戻ったような錯覚に陥る。

廊下に明かりがこぼれる一室で、言い争っている声が聞こえた。

「里長、いまは安静にしてください」

「やかましい。あやつが、この里に来ているやも知れぬのだ。こんなところで、横になっているわけにはいかん」

「しかしですね！」

言葉の途中だが、猿が扉を開けて部屋へと立ち入った。里の住民だろう人たちが少し警戒して、入ってきた猿を見ると安堵《あんど》して力を抜いた。

里の人たちは、この部屋に集まっているようだった。部屋の中心には寝台が置いてあるようで、住民たちの隙間から木組みのベッドが見え隠れしている。

そこに、大男がいた。

(でけぇ)

まるで雪男だ。立派な白髭を蓄えた筋骨隆々な老人が、上半身裸になって、包帯でぐるぐる巻きにされている。

包帯で巻かれた上半身のうち、肩口が、真っ赤な血で染まっていた。大男は顔をゆがめながら上体を起こし、目を細めて、俺を見る。

「イチ、ロウ殿か……？」

ドキリとした。その名を聞く想定をしなかったわけではないが、予想外ではあった。

「違うな」

「しかし、その首紐に吊るした鍵は――いや、そうか」

老人はどこか得心いった様子で、昔を懐かしむような目で、涙をこらえた。

「よく来たの、歓迎しよう。イチロウ殿のご子息よ……！」


積もる話の前に、やらなければいけないことがある。暖炉からこぼれる温かい光のせいでわかりづらいが、老人の顔色は決して良くなかった。青ざめる、という段階を過ぎて、土気色と表現したほうが適切なくらいになっている。

「ササリス」

「なに？」

「治せるか？」

「もち――」

ろん、と言いたげな口の動きを見せたササリスが、その先の言葉を呑み込む。

「んー、さすがに、ちょっと厳しいかな？　簡単に治療できるものじゃないね」

おい。いまさっき、当然のごとく治せますけど、みたいな雰囲気出していただろ。

「そ、そんな。お願いします！　里長がいなくなったら、俺たちはやっていけないんです！」

「お医者様ですか？　どうか、どうにか里長をお救いください！」

「我が家の家財を、好きなだけお持ち帰りいただいて構いません。ですから、なにとぞ、里長の命だけは――」

大男を取り囲む住民たちが、ササリスに泣いてすがった。ササリスは鼻を高くして、口元を緩めている。

「まあ、そこまで頼まれて見殺しは後味が悪いしね。いいよ、できる限りのことはやってみる」

普通に無料でやってやれ。

「あいだっ！」

調子に乗っているササリスを小突いた。ササリスは口を尖らせて涙目で俺を見つめている。

あー、もう、わかった。わかったから。頑張ったらあとでお駄賃上げるから、泣くな。

「えっ！　師匠が代わりにご褒美を？」

食いつくな。

「よーし、頑張っちゃうもんねー。何お願いしよっかなー」

おい。お駄賃だからな。無茶なお願いしてくるなよ？　無理なものは無理って断るからな？　ぐへへと下劣な笑みを浮かべるのやめろよ。

「ふーん、手痛くやられたね。肉が抉《えぐ》れてる」

せっかく巻いたであろう包帯を、ササリスは診察のために引っぺがした。筋繊維がむき出しという結構グロい絵面にもかかわらず、ササリスは眉一つ動かさない。手慣れている。

「もとより、覚悟はしております。この腕は、もはや使い物になりますまい」

諦観の混じった瞳で老体は言う。

周りの者たちは「せめて命だけは」と嘆願を繰り返している。

その分だけ、淡々としているササリスとの間の熱量の差が明白だ。

「ん？　誰も、腕を諦めろとは言ってないけど？」

里長が、口を開いて、閉じるのを忘れている。ササリスは真剣な表情で手のひらに魔力を集め、キラキラと光る水球を作り出している。

何度か、うんうんとうなりながら、ササリスはやがてこれだといった感じの「うん」を口にした。

「L《らぐず》っぽい水！」

世界樹の葉から搾った雫《しずく》のような見た目の水滴が、ぽたぽたと、立派な髭を蓄えた巨漢の肩口へと降り注いでいく。傷口から、じゅうと、鉄板に肉を押し付けたような音がする。

「ぐあぁっ！」

「さ、里長！」

苦悶《くもん》の声を上げる大男と、駆け寄ろうとした住民たちをササリスが制止する。

「動くな」

その一言で、誰もその場を動けなくなった。糸魔法だ。一言つぶやく間に、この部屋中に張り巡らされた魔力糸が、何人たりとも動くことを是としない。声を上げること以外の自由を、ササリスが簒奪《さんだつ》している。

「う、ぐ……っ、こ、これは」

もこもこと、カルメ焼きが膨らむように、大男の欠損部位から筋肉が膨れ上がる。無数の、細いピンク色の管が、欠損した部位にあふれ出す。

そこから、神のごとき御業《みわざ》が繰り広げられた。住民たちを縛り上げる手と反対の手で糸魔法を繰り出し、再生した筋繊維と体に残っている筋繊維を、指先をゴキブリのようにせわしなく動かし、目にもとまらぬ速度で縫合していく。

体に残った筋繊維のうち、酸化などで古くなった部分は切除されているのだろうか。さっきから、ほんの少しずつ、ピンク色の何かがつまみ出されている。

ササリスは眉一つ動かさないし、瞬《まばた》き一つ行わなかった。額に汗がにじむほどの集中力を見せながら、しかし汗が滴り落ちる前に、水魔法を使って汗を拭い、傷の縫合にかかりっきりだ。

「まあ、こんなものかな」

最後に一滴、キラキラと輝く水滴を垂らして、ササリスが腕で額の汗をぬぐった。じゅわりという音とともに、大男の、むき出しの筋肉を覆い隠すように、真新しい皮膚が形成されていく。

「動く……なんの違和感もなく、そんな、まさか」

驚愕に目を見開く老人に対し、ササリスが「どうよ」としたり顔を見せつけている。

「うおぉぉぉぉぉっ！」

「なんだ、いまの神業は！」

「俺にはわかるぜ、彼女は、天使だ！　神の使いに違いない！」

ササリスが糸魔法を解除すると、自由を手に入れた住民たちがやいのやいのと騒ぎ立てた。里長の復活を祝うように、肩を組んで民謡っぽい歌を合唱している。

とりあえず、三番。お前は一度眼科に行ってこい。ササリスが天使に見えるのは相当の重症だ。あいつはどちらかというと鬼か悪魔だからな。見間違えるな。

「かたじけない。このご恩は、必ず」

「いいよ。むしろ払うな。あたしは師匠に『なんでも言うことを一つ聞く』っていうご褒美をもらうんだから」

言ってない。そんなこと一言も口にしてない。

「おお、なんという御心の持ち主。さぞや高名な医師に違いない。心より、感謝申し上げます。本当に、ありがとうございます」

白いお髭を蓄えた老人が手をすり、ササリスを拝んでいるが、当の本人はほとんど聞いていなかった。「何お願いしよっかなーっ」と上機嫌である。怖い。

「よきご友人を得られましたな。イチロウ殿のご子息よ」

煽《あお》ってるのか？　それは煽っているのか？　そっちがやる気なら買い取ってやるぞ、その喧嘩《けんか》。代償は高くつくけどな。

「ご子息よ、その鍵のことは、イチロウ殿からどれくらい聞いておりますかな」

老人は俺の胸元を指して問いかけてきた。首紐に吊るされた鍵のことを、俺はほとんど、何も聞かされていない。

だが、知っていることはある。

この鍵が、アルカナス・アビスという秘境につながっていること。その扉はこの里に隠されていること。そして、これが親父殿につながる、手がかりであること、だ。

「なるほど。ではまず……」

親指と残りの四本の指で髭をなでおろしながら、老人は話の起点を考える。

(その話はその話で気になるが、まずは、ヒアモリの要件を済ませておくか)

なんか話が長くなりそうだしな。夜も遅い。父親の動向が気になってるヒアモリをいつまでも待たせるのは酷だ。

「その前に一つ、確認しておきたいことがある」

背後に視線をやると、俺の陰に隠れていた少女が恐る恐るといった様子で顔をのぞかせた。

「あ、あの！　お父さんを知りませんか？　数日前、この里を訪ねて来たはずなんです」

「父親……まさか、お主は」

老人の手が動きを止めて、ヒアモリに対して近くに寄って顔をよく見せておくれと口にする。

「おお、まるで、あやつの面影を宿すようじゃ」

「お父さんを、知っているんですか？」

「もちろんじゃとも」

老人は少しだけ考えるそぶりを見せて、「うむ」と首肯した。

「まずは、お主の父親についての話をしようかの」

体の大きな老人は、孫に昔話を読み聞かせるような口調で語り出した。

巨大な体躯《たいく》の髭お爺さんが語ったのは、とある少女の父親の物語。

むきむき爺さんが言うことには、

「忘れもしない。あやつがこの里を訪ねてきたのは四日前——いや五日前、六日前？」

忘れてるじゃねえか。

「とにかく、あやつはこの里にやってきた。血相変えたあやつが言うには『厄災が蘇る』と」

「厄災、ですか？」

「太古の昔、英雄に封印されし、覇王じゃ」

まあ、予想はついた話だな。聖域と呼ばれる地。古代文明とともに永い眠りについた英雄。ここまできて、アルバスが関与していないと考える方が難しい。

「あやつはわしらに『この里にも災禍が訪れる。だから逃げてくれ』と忠告しに来てくれたのじゃ。しかしそれはできなんだ」

「どうしてですか？」

「お主が聖域の守り人の末裔《まつえい》であるように、わしらもまた、禁門の守り人だからじゃ」

禁門、という単語に少しだけ反応してしまった。筋骨隆々の老兵は、俺の表情の変化を見逃さなかったようで、遠い過去を振り返る眼差《まなざ》しでうなずいた。

俺がにらんだ通り、親父殿から託された鍵に呼応する門はこの地にあったのだ。

「あやつは悔しそうな顔をして、聖域へと帰っていった」

ヒアモリの表情が曇った。つまり、父親はもうこの里にいない。そして、おそらく、事件が起きたその日に、現場にたどり着いている。ますます、事件に関与している可能性が高まっている。

「ヒアモリちゃん、大丈夫？」

「へ、平気です！」

強がっているが、明らかに唇が青い。肌の血色も良くない。ササリスがヒアモリの手を取った。そして一瞬硬直し、口を尖らせ眉をひそめる。

「今日はもう休もう？　ね？」

「で、でも」

「ヒアモリちゃんが無茶をして、体を壊すと、お父さん、きっと悲しむと思うな」

「うぅ、でも」

理性と感情の足並みがちぐはぐで、ヒアモリは狼狽《ろうばい》した。そんな彼女を、ササリスは何も言わずに見つめていた。どれだけそうしていただろうか。やがてヒアモリが折れて、しぶしぶ、といった様子でうなずいた。

「わかり、ました」

「うん。じゃあ、休もうか。別の部屋、適当に借りるね」

ササリスは里長に許可を取ることもなく廊下へ出て行った。我が家じゃあるまいし、もうちょっと遠慮とかないのか。さすがに不法侵入に慣れているな。強い。

ぱちぱちと、暖炉の火が揺れている。里長は、訥々《とつとつ》と再び語り始めた。

「今日、あの黒い影のような化け物がやってきたとき、すぐに思うた。ああ、あやつの忠告を無視したからじゃ、と」

筋肉の権化たる爺さんは俺を見た。

「もはやこれまでか、と諦念に駆られた。しかし、こうして、希望は繫《つな》がれた。よくぞ、参られた。イチロウ殿のご子息よ」

里長は寝台から起き上がると、床に膝をつき、両の拳を床に押し付け、頭を下げた。

「どうか、アルカナス・アビスを踏破し、この永きにわたる英雄との盟約に、なにとぞ終焉《しゅうえん》を！」

詳しい話を聞かせてもらう必要がありそうだ。

「その前に、聞いておく。お前たち里の人間は、聖域で起きた出来事をどこまで把握している」

話を聞く限り、この里の人間が外部の情報を知りえたのは、ヒアモリの父がやってきたときだけだ。

つまり、ヒアモリの父が聖域へ向かってからの出来事——聖域での惨殺事件は把握していないと考えられる。

「もっと言ってやろうか。今日、俺たちがこの里に着いたとき、お前たちは黒い影をきちんと迎え撃てる体制で待ち構えていた。ヒアモリの父の『厄災が蘇る』という根拠も突拍子もない言葉を一笑に付さず、素直に聞き入れていたわけだ」

人は、正常性バイアスを備えた生き物だ。たとえばスーパーで買い物中に火災報知機が鳴っても、まずは誤報を疑うように、異常事態っていうのを簡単に受け入れないようにできている。

だが、こいつらは信じた。なぜだ。

「お前たちはいったい何を知り、何を隠している」

ゴリアテのような巨漢が柳のようにしょぼくれて、ため息交じりにつぶやいた。

「ご子息殿の洞察の鋭さは、父親譲りですな」

いや、割と母さまもこんな感じだ。

「気を悪くせんでほしいのですが、あの子に真実を告げるのはあまりにも酷というもの。ご子息であれば、もちろん話しましょうぞ。あの子の父が何を知り、どうして、『聖域を侵犯』することになったかを」

姿勢を正した爺さんは言った。「まずは、座っていいですかな」と。いいよ。

寝台に腰かけて、仁王像のごとき老体が俺に向き直る。

「そも禁門の守り人と聖域の守り人は、元をたどれば一つの氏族。端を発するは、太古の昔に英雄とともに覇王を討ちし十一人の一人」

また俺の知らない原作未収録のエピソードが。原作ではほとんど触れられなかった十一人の英雄についての話を、こんなところで聞けるなんて、遠路はるばるやってきたかいがあるってものだ。

「我らの使命は、英雄が封印せし古代文明を封じ続けること。ヒアモリの一族が守りし聖域も、わしらが守りし禁門も、その実は古代文明を封印する異界とのゲートに過ぎぬのです」

なるほどな、だいたいわかった。

「便宜上、英雄が眠る方を聖域と呼ぶようになった、というわけか」

「な、なぜそれを」

見てきたからな。

「立ち入ったのですかな！　聖域に！　ああ、なんと罰当たりな……！　イチロウ殿、いったいどのような教育をなされたのですか！」

その父ちゃんネグレクトだ。伝説の冒険者に育児ができるわけないだろ、いい加減にしろ。

「いえ、すみませぬ。取り乱し申した。黒い影がこの里に訪れたということは、やはり英雄の墓を何者かが暴いたのでしょう。禁門も英雄の魔法で構築されたもの。かの者の力が尽きれば、禁門が破られるのも時間の問題ですからな」

俺はうなずいた。見てきたからな。棺から英雄が解放されるのと同時に、封印されていた古代文明人が動き始めるのを。

「あの、ご子息殿、もしや英雄の棺は開かれていないでしょうな」

開いた。

「なんと罰当たりな！」

まあまて、これには深い事情があってだな。

「何があれば英雄の棺を開けるなどという禁忌を正当化できるのですかな！」

違うんだ、棺はすでに、何者かが触れていたんだ。そして、俺が聖域に立ち入ったときには、一体の古代文明人が復活し、活動を再開していたんだ。

「むぅ……なるほど。何が起きたかはだいたいわかりましたぞ。おそらく、ヒアモリの父は失敗したのでしょう」

老公は立派な髭をなでおろすように整え、目を細めた。

「そも、あやつが聖域へと引き返したのは、守り人たちの中に不穏な動きがあってのこと。一部の者らが共謀し、覇王復活を目論んでいると気づいたためです」

ああ、なるほど。つまり、聖域へ引き返した目的は、身内の悪事を力ずくでも止めるため。そして、失敗が意味するのはそれが叶《かな》わなかったということ、か。

「ご子息が棺を開けようと開けまいと、すでに崩壊へのカウントダウンは始まっていたのでしょう。いいえ、英雄の棺を開き、この地へきているということは、よもや封印から目覚めし古代文明人を一網打尽になされておいでで？」

「ああ」

当然だな。俺が到着するより前から復活していた個体は知らないけど。

「ではやはり、感謝するべきなのでしょうな。同じ、守り手の一族として」

うんうん、と老兵は繰り返しうなずいて、表情を引き締めた。腸詰した肉のようにパンパンに膨らんだ指を二本立てて、眉間から鼻筋、口元をなで、最後に胸の前で十字を切る。

ヒアモリがこのしぐさをしているのを、俺は交易宿場で見たことがある。

「最大限の感謝を、ここに奉じますとともに、改めてお願い申し上げまする」

大木のような巨漢は再び床に膝をつき、固めた両の拳を床に叩きつけた。それから勢いよく、頭を下げる。

「この地の現状をたとえるならば、度を越えた氾濫で本川が水門を回り込み、堤内地へ水がなだれ込もうとしているのと同じ。英雄の魂が天へと昇った今、禁門内部で活性化した古代文明の一部が染み出し、門を現世側から食い破ろうとしておるのです」

あの黒い影の化け物か。門の向こうから、次元の断絶をすり抜けてやってきたわけか。トンネル効果はちょっと休んでいてくれ。働きすぎだ。

「しかし、ご子息殿の魔法であれば、秘境に封印されし古代文明を先んじて討伐することも可能とお見受けする。なにとぞ、秘境アルカナス・アビスの攻略を！」


秘境アルカナス・アビスは、大陸を東西に分断する山脈の果てにある、すり鉢状の盆地に隠れ住む者たちの里に秘められている門からつながる異界にある。

里長に連れられ、寒空の下を里の外れまで歩き、俺は思った。なんでこの爺さん、上半身裸のままなんだろう。絶対寒いだろ。

「つきましたぞ、ご子息殿」

そこに闇色の門があった。

(これが、禁門。てっきり城門を想像していたが、どちらかと言えば地下シェルターに続くハッチだな)

その門の直黒《ひたぐろ》さは、夜空でさえ星の瞬きがある分明るいと感じるほどで、光をいっさい反射していない。まるでそこだけ空間が欠損しているかのように、違和感として地面を覆いつくしている。

禁門は縦横ともに十メートルを超えていた。あまりに光の吸収率が高いから見た目にはわからないが、触覚を頼りに探ってみれば、扉の表面には小さな半球状の突起が規則正しく並んでいるのがわかる。

分厚く、ずっしりした重量感を放つ扉には、荘厳さと威圧感が見え隠れしていた。

「聖域と比べて、ずいぶん厳重なんだな」

俺がまじまじと扉を見つめていたからか、上半身の筋肉を寒気というストレスに晒《さら》す老人が説明を続けた。

「聖域は本来、守り人たちが一子相伝の秘術で樹洞と異界を切り離していたのです。鍵があれば開いてしまうこの門より、よっぽど厳重な守りとも呼べましょう。百年に一度の結界の張り替えさえなければ」

ほーん、なるほどな。

(つまり、事件があったのはちょうど結界を張り替える日だったわけか。そして、聖域の守り人が全滅したため結界を張り直されることなく、異界とつながったまま放置されていた、と)

アルバスが逃すわけないな、そんな機会を。

「いくか」

この先に行かなければ親父殿との約束を果たせない。

俺は左手の親指の腹を犬歯で切ると、右手にᚢ《ウルズ》の血文字を仕込んだ。この先、何があるかわからない。何があっても負ける気はしないが、準備は入念にしておいて損がない。

念には念を入れて、手のひらにはᚲ《ケナズ》の血文字を仕込んでおく。戦闘準備に抜かりなし！

首紐をちぎり、黒色の門へと小さな鍵を差し込んだ。鍵穴がどこかはわからなかったのだが、鍵は吸い込まれるように門へと直立する。五センチにも満たない鍵は、ぜんまい仕掛けのからくりが稼働するようなギアの音を鳴らし、ひとりでにその場でおもむろに回転を開始する。

扉の闇色が鍵を伝い、それを握ったままの俺の指先、手、手首へと侵食してくる。怖気《おぞけ》が駆け上がってくる。

（腕が、門に、吸い込まれる）

びりびりと脳に電気が走り、背筋を悪寒が走り抜けていく。腕をひっぱりあげようとして、床を踏みしめる。否、俺が足を立てたのは床ではなかった。帯黒色の門の上だ。侵食は足からも始まり、俺の体を沼地に引きずり込むように蝕《むしば》んでいく。

純黒の門へと体が呑み込まれて――


意識の欠落を自覚した。ぐるりと周囲を見回せば、紫色の水晶でできた壁が、淡く発光している。

ここはどこだ。俺は何をしていた。ズキズキと痛む頭を押さえながら、記憶の糸を手繰り寄せる。

（そうだ、確か、親父殿の痕跡をたどって、アルカナス・アビスにつながる門を開いたんだ）

ということは、ここはすでにアルカナス・アビスなのだろうか。

「ジニゴフ、ミラドダ！」

「うるさい」

右の手の甲にあらかじめ刻んでおいたᚢ《ウルズ》の血文字魔法を発動し、襲い掛かってきた古代文明人をはったおす。

回し蹴りを受けた古代文明人はきりもみ回転しながら地面を跳ねまわり、ほかの古代文明人を巻き込んで、みんなそろってダウンした。ナイシュー。

（まるで俺がやってくることを知っていたかのような奇襲だったな。偶然か？）

まあ、いい。そういうこともあるだろうさ。

「悪いが、俺にはこの先親父殿との約束が控えてるんだ。手加減する気はない」

ᚢ《ウルズ》の効果が続くうちに走り出し、古代文明人が作る人垣の中心地へと跳躍する。

「ᚦ《スリサズ》」

俺を中心に放射状に雷を放つ。紫電が古代文明人の肌を食い破り、電気伝導率の高い血液を伝って体を内側から炙《あぶ》る。

「アズミヂカイロゾタ！」

真下の地面が、俺を串刺しにしようと鋭く隆起する。だからその隆起の速度に合わせて鉛直上向きに跳躍して――最高到達点で、隆起した地面を蹴り追加で跳躍した。

「どうした。古代文明ってのはこんなものか」

ゾンビのごとく次から次へとわいてくる古代文明人をちぎっては投げちぎっては投げ、圧倒的な実力差で蹂躙《じゅうりん》する。

「弱いな」

アルカナス・アビスを駆け巡っていると、不意に、奇妙な物体に遭遇した。

（あん？　なんだこれ、こいつも、古代文明人なのか……？）

それに、胴体は無かった。あるのは頭部にも見える黒い球体と、そこから壁や天井に向かって伸びる、粘菌のような黒い筋だけだ。

どうしてそれを頭部だと思ったかというと、その球体には歯がついていたからだ。いや、それが歯なのかどうかもわからない。円形に並べたレンガのような石が、咀嚼するように古代文明人をすりつぶしている。

（よくわからんから、くたばれ！）

ルーン魔法の間合いである十メートルまで接近し、俺は雷を意味するᚦ《スリサズ》を描いた。


――意識の欠落を自覚した。ぐるりと周囲を見回せば、紫色の水晶でできた壁が、淡く発光している。

ここはどこだ。俺は何をしていた。

「ジニゴフ、ミラドタ！」

「うるさ……なっ！」

右手に仕込んだᚢ《ウルズ》の血文字を発動しようとして、違和感に気づく。

（ᚢ《ウルズ》の血文字に、魔力が残っていない？）

舌打ちし、奇襲を仕掛けてきた古代文明人の攻撃を避《よ》けた。直前までクロスカウンターを決めるつもり満々だった分、回避が遅れた。古代文明人の爪が、俺の頬を裂いた。

(どういうことだ)

魔核から魔力を引き出し、生命力を意味するᛚ《ラグズ》でかすり傷を癒す。どうやら、魔法が使えない空間というわけではないらしい。

(そういえば、魔核の魔力も目減りしているような)

まあ、こっちは気のせいかもしれないが。幼少期から魔力トレーニングを積み重ねたせいで、数発のルーン魔法程度じゃ魔力が減ったかどうかわからないんだよな。

(そうだ。俺は禁門を開いてアルカナス・アビスにやってきたんだった。となると、血文字が使えないのや、魔力が目減りしているのは、通行料か?)

尤《もっと》もらしい見当をつけて、手のひらに仕込んでおいたもう一つの血文字、ᚲ《ケナズ》のルーンの発動を試みる。俺の予測が正しければ、この血文字魔法もまた、門の通行で魔力を吸われ、不発に終わる。

だが、予想は裏切られた。

(は?)

発動したのだ。炎を意味するルーンが、青い燃焼反応とともに、一人の古代文明人を焼き尽くす。

(ᚢ《ウルズ》の血文字は発動しなかったのに、ᚲ《ケナズ》のルーンは発動した? どうしてだ)

ᚢ《ウルズ》は手の甲に仕込んだ。一方ᚲ《ケナズ》は手のひらに仕込んだ。その違いか?

いや、いやいや、考えにくいだろ。それは。

「チッ、いま考え事してるんだよ! 邪魔を、するなッ!」

空間を意味する【宇】で周囲の空間を捻《ね》じ曲《ま》げ、文字魔法の射程距離のリミッターを撤回する。

そのうえで放つのは雷を意味するᚦ《スリサズ》のルーン。

放電現象がアルカナス・アビス中に広がって、古代文明人を問答無用で薙《な》ぎ払《はら》った。

空間をゆがめるのはさすがに燃費が悪い。まあ、時間と空間両方を凍結するᛁ《イサ》と比べれば全然かわいいものなのだけれど、魔力が減ったと感じられるレベルだ。燃費の悪さは折り紙付きだ。

とはいえ、かなり広範囲にわたって古代文明人を殲滅《せんめつ》できたわけで、これでしばらく考え事の時間を取れる。

(ᚢ《ウルズ》の血文字は発動しなかった。けど、ᚲ《ケナズ》の魔法は発動できた。血文字魔法発動のルール、一度発動した血文字を二度発動することはできないに抵触したのか?)

いやいやと首を振る。

(意識が消える直前の記憶は、禁門に呑まれるところだ。その後、意識を取り戻したのがこの秘境の中。その間にᚢ《ウルズ》を使った記憶なんて無い)

しかし、だとすれば、なぜ?

(意識を失っている間に、無意識でルーン魔法を発動したのか?)

いや、それはない。それが可能なら、俺は寝ている間にササリスを迎撃しているはずだ。だが実際問題として、あいつと旅をしていて、あいつを攻撃したことはない。たぶん。

攻撃したうえで防御してたんだったらごめん。でもたぶんないと思う。

「まさか、な」

ふるふると首を振って、突飛な妄想を一笑に付す。

少し考えて、わかったことがある。それは、予想を立てても検証のしようがないということである。早々に見切りをつけて、とりあえず足を動かそう。

蟻の大群のごとく次から次へと現れる古代文明人を片っ端からなぎ倒し、秘境の奥を目指す。

(なんだこいつ、古代文明人なのか……?)

そこに、黒い球体の化け物がいた。細い筋を四方に伸ばして張り付いて、レンガのような材質の石で、古代文明人をすりつぶし、咀嚼している。

(よくわからんから、くたばれ!)

ルーン魔法の間合いである十メートルまで接近し、俺は雷を意味するᚦ《スリサズ》を描いた。


――意識の欠落を自覚した。ぐるりと周囲を見回せば、紫色の水晶でできた壁が、淡く発光している。

ここはどこだ。俺は何をしていた。

ちり、と肌が焼け付く感覚がして、前方に広がる空間へと前転で転がり込んだ。

ぐるぐると輪転する視界で俺の両目がとらえたのは、頭の平たいずんぐりな男。古代文明人だ。

「チッ、不意打ちか。テメエら姑息《こそく》な古代文明人にはよくお似合いだよ」

目算距離はおよそ二メートル。文字魔法の間合いだ。

「ᚦ《スリサズ》」

指先に淡青色の光を灯し、ルーン魔法を発動した。紫電が飛び散り、古代文明人へと空間を駆る。

「ハガニブヂドイヒエカ！」

古代文明人は地面を踏み抜くと、地属性の魔法を発動し、俺と彼の線分上に石の壁を作り出した。

（ん？）

なんだろう、いまの。こっちの動きを見てから反応した、というより、まるで俺の行動をあらかじめ知っていたかのようだ。

（偶然か？　それとも、そういう特異個体か？）

いや、それより。

「ゲゲド、ウゴラドユウマビオテミ、ジオナンチミムゼラレレハダウザゴニブヂドボダドイミウドゴ」

長いな！　長文聞き取るのは苦手なんだよ！

（えーと、なんだって……？　何度も同じ技を見せられれば対応策を練るのは簡単だって？）

うん？

俺、こいつにルーン魔法見せたことあったっけ？

（親父殿かな？）

かーっ、厄介なことしてくれますわ、あの父親。ったく、後始末させられる息子の身にもなれって言うんですわ。本当にしょうがないなぁ。

「なら、この魔法は……ん？」

気づいた。魔核の魔力残量がだいぶ減ってる。なんでだ？

（おかしい。仮にᛁ《イサ》で時空を止めても、長時間発動しなければこんなに魔力減らないぞ？）

まさか、禁門をくぐる代償だろうか。マジか。幼少期から魔力トレーニングで魔力総量を爆上げした俺だから耐えられたものの、そうじゃなかったら一発で魔力切れだぞ。

なるほど。世界で最も恐ろしい秘境の意味がわかったな。確かに恐ろしい場所だ。

魔力に余裕はあるけれど、あまり大技は使いたくないな、この後親父との約束もあるし。

せっかく「さあ、奥義の伝授の時間だ」ってなったときに魔力切れでーすじゃあ話にならないからな。

よし。血文字魔法で魔力を節約しよう。まずはここに来る前に刻んでいたᚢ《ウルズ》からだな！

（あ、れ？　血文字魔法が、発動しない？）

まさかと思いもう一つの血文字、ᚲ《ケナズ》の発動も試みるが結果は同じ。門をくぐる際に、血液に含まれる魔力も徴収されてしまったのかもしれない。

「チオズダ！　オキグカヌホウシ！」

「調子に、乗るな」

ᚢ《ウルズ》のルーンを正攻法で発動させ、古代文明人へと殴り掛かる。古代文明人は俺の拳を右へ左へ、素早く避ける。

「ムエデロムエデロ！」

「チイッ、しゃらくせえ」

見えてるというが、こいつの反応は、そのレベルじゃないだろうが。

(まるでこっちの癖を見抜いているような……)

ふと思いついたことがあって、拳を振りかぶり、そこで止めてみた。視線の動きも、重心の移動も、普段通りに、動作だけを初動で止めてみる。

「ナヌド……」

俺が殴ろうとした部位を、俺が攻撃しようと軌跡上から古代文明人が身をひらりと躱《かわ》す。

「よ」

「ホヘラ!」

仮説をもとにフェイントを仕掛けてみると、これが的中。古代文明人の腹に拳がクリーンヒットして、そのまま後方へと吹っ飛んでいった。

(なるほどな。いままで力量差でごり押しできていたけど、技を磨くっていうのはこういうことか)

技に頼らない、剛を極めたキャラってのは魅力的だ。主人公があの手この手で策を弄しても届かない、技の通用しない相手ってのは素晴らしい。

だが、もしその手のキャラが技まで磨けば？　それを俺が体現できてしまったら？

たとえば、こんな感じ。

◇◇◇

シロウが自らと瓜《うり》割らずしてそっくりな男――クロウと戦っている。

「ᛚ《ラグズ》！」

「どうした、この程度か」

新たに習得した、水を意味するルーン魔法で敵を狙う。だが、まるでダメージは無い。

「まだだ！」

シロウには勝算があった。

（水生動物にᚦ《スリサズ》を放った時に気づいた。水は電気をよく通す！）

ᚦ《スリサズ》単体ではクロウに届かない。だが、もし、あらかじめ水の魔法で電気の通りをよくしていれば？

「ᚦ《スリサズ》ッ！」

通ったという確信。確かな手ごたえ。それを裏切り――

「その程度の小細工が俺に通用するとでも？」

クロウが使った魔法はなんてことはない。ただの身体強化、ᚢ《ウルズ》だ。だが、だからこそ、強い。

「力ずくに敗れるのは、とても『技』とは呼べないな。『技』の手本を見せてやる」

シロウはクロウと同じルーン使いだから、クロウが使おうとしているルーン、ᚲ《ケナズ》が炎を意味する文字だと理解した。

だから対抗するために、ᛚ《ラグズ》の水で防御壁を張った。

だが、その水壁をぶち破り、爆炎はシロウを穿った。

「が……ッ、ア、ァ」

ただの炎じゃない。シロウが先手で放った水と電気の混合魔法。その副産物として生まれた二種類の気体を逆手に取った、三属性複合魔法。

「水素爆発。覚えておけ」

シロウはたまらず、膝から崩れ落ちた。もうろうとする意識のまま、悔しさが込み上げる。

「敵わない、技でも、地力でも。こんな相手に、どうやって勝てばいいんだ……ッ！」

◇◇◇

力で敵わないと悟り、技で挑むが、その技ですら上回られる。かーっ、これは強キャラっすわぁ。最高だな。

「よし」

技を磨くために、力を封印しよう。具体的にはルーン魔法禁止だ。ちょうど、百人組手の相手ならいるからな。

（まあ、全属性扱えて身体能力も俺たちよりハイスペックな古代文明人相手だ。治癒のためのᛚ《ラグズ》だけは解禁だな）

目を凝らす。敵の動きを読む。攻撃軌道を予測し、紙一重でよけ、カウンターで返す。

敵の顔が、驚愕で歪んだ。だが、それ以上に驚いているのは俺だ。これまでルーン魔法にかまけて、戦闘技術なんてものは磨いてこなかった。

(あれ？　意外と、やれるのか？　俺)

俺の体は、俺の想像をはるかに超えて戦えている。

(なんでだ？　俺はなぜ、ルーンを使わない戦い方を知っている？)

自分のイメージの三か月先をいっている。まるで直近、超短期的に集中特訓をしたかのように感覚が研ぎ澄まされている。

基礎身体能力は平凡、それが自己評価だったのだが改める必要があるかもしれない。幼少期はサリスを捕まえることすらできなかったんだけどな……冒険者試験でも逃げられたな、しかもᚢ《ウルズ》状態で。

俺の身に、一体何が起きたんだ。

「ギニ、レドヂオズヤカ！」

波状攻撃を仕掛けてくる古代文明人を、一人ずつ、着実に仕留めていく。

劇的な成長を遂げている感覚は無い。伸びで言えば微々たるもので、即時的に成長していると実感できるほどの伸びは無い。

やはり俺の基礎身体能力は平々凡々。実戦経験を幾度となく積み重ねなければこの域に到達するはずがない。でも、いったいいつ。

（待てよ？）

近場の古代文明人をクロスカウンターで沈めながら、俺の意識は少し前へとさかのぼっていた。

（秘境に入って、最初に襲い掛かってきた古代文明人、あいつは俺のD《スリサズ》を何度も見たと言っていた。俺の攻撃の癖を知っていた）

ただの強がりかと思ったが、もし、そうじゃないとすれば。

「繰り返しているのか？　同じ時間を」

浮かんだ想定を、自分で否定する。

（いや、いやいや、まさか。さすがに突飛すぎる）

もし、同じ時間を繰り返しているとすれば、いったいいつからいつまでの時間を繰り返している。どこが起点で、どこが終点になっている。

（秘境で覚醒したタイミングの、意識の欠落。あれを俺は、扉に呑まれたショックによるものだと思ったが、違うのかもしれない）

もしあそこがタイムループの起点で、そこからトリガーを引くまでの記憶が抜け落ちると仮定すればどうだろう。意識に欠落が生じるのも納得ができる。

（発動しない血文字魔法も、すでに前のループで発動しているからだとすれば？）

理性はありえないと主張しているが、あらゆる状況証拠はこの突飛な空想を矛盾なく説明している。

目覚めた時点で魔力が減っているのも、前のループで魔力を消費したからと考えれば納得できる。

ルーン魔法抜きの戦い方を知っているのも、魔力を節約しようと過去のループで肉弾戦を選んだことが一度や二度じゃなかったとすれば説明がつく。

俺の直感、いや、よりもっと奥深い部分、たとえるなら魂はこの突飛な妄想が正しいと主張している。けれど、まだこの仮説が真とは断定できない。そう断ずるためには、もう一つ大事な要素が欠けている。

この仮説を真とおいたとして、ループのトリガーはなんだ。時間経過、ではないだろう。もし秘境に立ち入って一定時間経過後、立ち入った時点まで巻き戻される仕様だと仮定しよう。その場合、俺より奥にいたはずの古代文明人が、いまこの瞬間にも入り口からやり直しを強制されているはずだ。だが現実にはそうなっていない。

厳密には、ループしているのは時間ではない？　繰り返されているのは、同じ盤面か？

（まるで将棋で、王手をかけた瞬間に待ったをかけられるような――）

気づけば周りの古来文明人たちは全員倒れていて、俺の眼前には奇妙な球体が浮かんでいた。濡《ぬ》れ羽色《ばいろ》の塊は、壁や天井に向かって筋を伸ばしていて、円形に並んだレンガを咀嚼させている。口としか形容できない部位では、古代文明人がすりつぶされている。

（こいつか？）

こいつがループの引き金なのではないだろうか。けど、具体的にはなんだろう。あいつの食事に関係があるのか？　それとも、あいつを倒すことか？

（仮に、俺が何度もこの盤面を繰り返しているとして、そのすべてで俺が選択しているであろう行

動は）

まあ、俺ならとりあえず、倒すだろうな。それも、おそらく、ルーン魔法の射程まで近づいて、初手はᚦ《スリサズ》だ。他ならない、俺自身のことだから、手に取るようにわかる。

試してみるか。

右手の親指の腹を切り、左手の甲に一本線を引く。停止を意味する、ᛁ《イサ》だ。

「俺の予想が正しければ、お前を倒せば」

ルーン魔法の射程、距離十メートルまで詰める。淡く光る指先で描くのはᚦ《スリサズ》の紋章だ。ルーンが持つ雷の意味が具現化し、黒色の球体を襲う。

（ここだッ！）

自らに向かって、停止のルーンを発動する。

「ᛁ《イサ》ーッ！」


——世界が連続性を失った。ぐるりと周囲を見回せば、紫色の水晶でできた壁が、淡く発光している。

「やはり、そういうことか」

奇襲を仕掛けようとしていた古代文明人を一瞥《いちべつ》もせず、柔の技で受け流し、地面に組み伏せ、首を手折る。

やつにしてみれば初めての出来事だろう。その顔は一つ前の周とは打って変わって、化け物を見るように目ん玉をひん剥《む》いていた。

(確定だ。俺は同じ盤面を繰り返させられている)

一度冷静になり、状況を振り返る。

やったことは単純だ。俺自身の存在定義を固定させ、やつの特性であるリセットから免れたのだ。つまり時系列で言えばこう。俺を対象にᛁ《イサ》を発動。黒い球体がすべてをリセットする。しかし俺だけはリセット前の状態で固定されているので、その効能の適応対象外。時間経過でᛁ《イサ》が解除されるときにはリセットが終わっているので、次のループに記憶を持ち越せた、というわけだ。

(厄介だな)

記憶を持ち越すにはᛁ《イサ》の魔法を使う必要がある。発動するのはほんの一瞬とは言え、極端に燃費が悪い。魔力の消費もまた次のループに引き継がれる。

そしてそれは、すでに相手の術中であることを示している。

何度ループを繰り返したか知らないが、古代文明人も、俺とやつらのいかんともしがたい実力差を学んだはずだ。それなのに、いつも全力で向かってくる。ただ好戦的だから、なんてのは理由として弱い。

彼らの行動はもっと別の、なにかしらの統一思念みたいなものを感じる。状況から察するに、その親玉はあの黒い球体だ。眷属《けんぞく》化の条件は明白だ。捕食だ。それ以外に、やつの体で起こせるアクションは考えられない。

そして、やつはきっと、俺をも尖兵《せんぺい》に取り込もうとしている。そのために、すでに捕食した古代文明人たちを性懲りもなく俺にけしかけている。

(目論みはまず間違いなく、俺の魔力切れ)

　俺の予想が正しければ、何度やつを倒しても勝利条件は満たせず、逆にやつはたった一度でも勝利できればいいことになる。俺の不調時だろうと、なんだろうと、構いなく。

　じゃあ古代文明人を殲滅したのち、黒い球体を倒さずに休憩してればいいんじゃね？　うは、俺天才過ぎ……というには楽観的か。

(盤面をリセットされるタイミングが、やつにとどめを刺そうとしたタイミングに限定されるとは限らない。たとえば休憩しているとき、前触れなくリセットされたら？　せっかく引き継いだ、同じ盤面を繰り返されているって情報がパーだ)

　記憶を引き継ぐためには、リセットがかかる瞬間俺自身を、ᛁ《イサ》で固定して過ごさなければならない。

(んー、どうしようかねぇ)

　古代文明人にやられないよう、しかし接戦を演じながら、俺はゆるりと奥を目指した。

　ループの回数が、百を超えたあたりからは数えていない。

　古代文明人との組み手も慣れたものだ。お互いに手の内を知り尽くした戦友と言っても過言ではない。もはやそれほどまでに親しみを覚えている。

　そして、途中から気づいていたことではあるが、どうやらこの秘境内部では魔力が回復しないらしい。

ᛁ《イサ》を展開するのは、黒い球体にとどめを刺す一瞬だけだが、何度も何度も使えば魔力は着実に減っていく。

（なるほどな、原作既プレイの俺が知らないわけだ）

何百にもわたるループで、様々なことを試した。古代文明人を倒さず黒い球体の奥まで秘境内部を探索したり、とどめの刺し方を氷や炎、打撃など試してみたり。

しかし、いまだ攻略の糸口はつかめていない。

（原作で禁門がどうなったのかは知らない。アルバスが破壊に成功したのか、親父殿が隠れ里を守るために攻略したのか。言えることは一つ、こいつはシロウには荷が重いってことだ）

いわゆる、没マップというやつなのだろう。この迷宮の難易度は、明らかに攻略を想定されていない。

（くそ）

やべえ、こんなに追い詰められたのは初めてかもしれない。出てくる敵はどいつもこいつも、俺に敵わない有象無象なのに。

技は洗練されていく。疲労を最小限に抑えるため、無駄な動きをそぎ落とし、最低限の力で急所を穿つ。

だが、磨いた技も、この牢獄《ろうごく》にとらわれたままでは宝の持ち腐れである。

（くそ）

いや、思い返せば、絶体絶命の窮地はこれが初めてではない。

思い返せばまだ乳児のころ。俺が親父殿から鍵を託される前、同じく、無力感に打ちひしがれたことがある。

(もう二度と惨めな思いはしない。そう、誓いを立てて、力をどん欲に求めたっていうのに)

俺は、この程度なのか？

「違う」

俺の理想のダークヒーローは、疲れない。

「俺は」

ダークヒーローは、落ち込まない。

「負けられねえんだよ」

そして何より、諦めない。

(いろいろ試したけど、攻略の糸口がつかめなかった？　そりゃそうだろ。俺はいつから、今回はダメでも、次はうまくやればいいさと考えるようになった)

たるんでいる。寝惚《ねぼ》けている。

初心を思い出せ。二の矢に頼るな。お前たちの相手は散々だ。

駆ける。駆け抜ける。秘境アルカナス・アビスを奥の奥、黒い球体がいるところまで、最短ルートで。

(どうして、命を奪うことに執着していたんだろうな)

強さにこだわるあまりに、俺は思考の柔軟性を欠いていたのかもしれない。何が技を磨くだ。結局力技でごり押そうとした挙句がこの様じゃないか。

（簡単なことだったんだ。勝利するだけなら）

俺の文字魔法は、親父殿から受け継いだこの魔法は、この程度の相手に負ける代物じゃない。

ᛁ《イサ》の時間凍結はダメだ。あれは時間を凍結させる間魔力を消費するタイプの魔法だから、永続的な封印には至らない。

氷結の意味で使えばランニングコストはかからないが、その場合は氷の中で意識があるこいつが盤面にリセットをかけるから無意味になる。

故に、こいつに使うべき文字は、もう決めている。

「お前に、やり直しの過去も未来も与えない」

時間軸から切り離し、たった一瞬に閉じ込める。

「――【今】」

淡青色に輝く文字魔法がさく裂した。黒い球体を魔法の光が包み込む。そして、消滅した。当然だ。

いまこの瞬間も、魔法がさく裂した時点から見た未来。【今】という一瞬に固定されたあいつがこの時間に到達することは不可能だ。

「勝っ、た……」

ぷつり、と。緊張の糸が切れた。いままで目を背けていた疲労がどっと圧《の》し掛かる。けど、勝ったんだ。これで――

――意識の欠落を自覚した。周囲を見渡せば、どこまでも暗闇が広がっている。まるで、ᛁ《イサ》で時空を止めた時のような世界だ。

（くそ、どうなってやがる！）

淡青色の文字魔法はさく裂した。黒い球体は時間軸から切り離し、過去と未来から永劫《えいごう》に追放したはずだ。それなのに、どうしてやり直しが発生している。

（いや、違うのか？　やり直し、の割には記憶を引き継いでいる）

とすれば、考えられる可能性は。

「こいつ、道連れにする気か」

目と鼻の先に、黒い球体が浮かんでいた。円形に並べたレンガを交互に動かし、咀嚼のような動作を繰り返している。

勘弁してくれよ。もう十分だろ。

（違う。こいつは、道連れじゃない。俺を捕食し眷属化してしまえば、【今】という封印を解かせて元の時間軸にだって戻れる！）

俺の決死の作戦が、水泡に帰してしまう。

くそ、どこで間違えた。

もっと早く【今】の文字魔法を試せていれば変わったか？　それともそもそも、選んだ文字が間違いだったのか？

「ᚦ《スリサズ》」

紫電が黒い球体を貫いて、次の瞬間にはまた、目と鼻の先に蘇っていた。ループだ。【今】この瞬間から、抜け出せるビジョンがまるで浮かばない。

（くそ、くそが）

諦める諦めないの次元はとうに過ぎていた。この盤面はすでに詰みだ。もっと早く、千日手を回避できていれば違ったかもしれないが。


「ほう、ここまで追い詰めたか。さすがは、俺の息子だ」


懐かしい、感覚が、込み上げた。

胸が締め付けられるような、温かくなるような、不思議なまどろみの中で、声が響いた。

瞬き一つの間に、俺と黒い球体の間に立ちはだかるように、大人が一人、立っていた。黒い髪に偉大な背中。その光景を、俺は忘れたことがない。

「欲を言えば最後まで仕留めてくれりゃ文句なしだったんだがな。あと一手、詰めが甘かったな」

「親父、殿」

大きな背中で前に立つ男の指先が、虚空に一本の折れ線を描く。何度となく見てきた、親しみのある紋章。そのルーンの名は、ᚲ《ケナズ》。

「燃えちまえ」

意識に欠落を確認した。だが、やり直しが起きてなお、黒い球体は炎に身を焼かれ続けている。円形に並んだレンガの奥から、断末魔のような悲鳴が上がる。繰り返し、もだえ苦しんでいる。

世界は何度となくやり直しを繰り返した。だが、なんど繰り返しても、やり直した時点で黒い球体は炎に焼かれている。

「初期盤面の固定化って発想は悪くねえ。俺の想定解とはかけ離れた途中式だが……上出来だ」

昔やった死にゲーで、ロードした瞬間に死ぬセーブポイントを作ってしまったことがある。目の前の黒い球体の状況は、まさにそれだった。

詰みセーブだ。

（あと、一手だったのか）

時間軸が【今】に固定されているから、発動した魔法に、過去に発動されたという記録が存在しない。今現在で発動した魔法、という概念しか存在しないんだ。

（あと一手、最初から相手が詰んだ盤面へと作り替えられていれば、それで俺の勝ちだったんだ）

奥歯をかみしめた。拳を固めた。血がにじむほど。

勝てる勝負だったのに、一手間違えた。まだ勝ちの目は消えていなかったのに、勝てないと思ってしまった。

俺の最大のミスは、固定した時間で、とどめに稲光を用いようとしたことだ。

光速度で打ち出された電子は、やり直しのさなか、この空間を飛び出したのかもしれない。トンネル効果が起きた可能性は否めない。

気が付けば、盤面のリセットは、もう行われていなかった。黒い球体の悲鳴もとぎれとぎれで弱々しい。

この無間地獄を繰り返すことを、いよいよ諦めたらしい。

「大きくなったな、クロウ」


「あんたは、変わらないな」

さわやかな笑みを見せる親父殿の姿は、俺の記憶にある十五年前のままだ。もしやルーン魔法には不老の技術でもあるのだろうか。

「そりゃそうだろ俺はお前の記憶だ」

ん？

「アルカナス・アビスはな、侵入者の記憶を読み取り、最強と思われる存在を再現する迷宮だ」

俺は古代文明を最強と思ったことはないけれど。

違うか。古代文明人はたぶん、俺と同じ侵入者の方だ。とすれば、あいつらが想像する最強もまた、この迷宮内に存在したはず。そして、それはきっと、やつだ。

「お前が戦った黒い球体、あれは太古の昔に人類が対古代文明用に作り上げた魔法生物」

やはり、そういうことか。

「いわば、お前は疑似的にとは言え歴史的化け物と戦っていたんだよ」

そうだったのか。あの球体は古代文明人じゃなかったのか。特徴的に考えれば当然別種ではあるけれど、古代文明人の巣窟になっていたからてっきりその仲間かと思った。

(実際には、ここにとらわれていた古代文明人たちが作り上げた幻影だったってことか)

とんだはた迷惑だな。

「しっかし、あれだな、お前は」

親父殿は腰に手を当て、肩で息をついた。

「なまじ才能にあふれるあまり、小手先で物事を解決しようとする柔軟性に欠けるな」

うぐっ。

「お前、あの敵をここまで追い詰めるのに何百周やり直してんだよ。普通は二、三回で正攻法の攻略を諦めるぞ」

ぐ、ぐぬぬぬぬ！　悔しい、反論できないのが、悔しい……！

「けど、まあ。よく最後まで諦めなかったな」

親父殿が、ぽんと頭に手を乗せた。なぜだろう。記憶でしかないはずの親父殿で、彼と触れ合った記憶などないのに、温かく、そして懐かしい気がした。

「お前のその愚直な姿勢は、正直言うと気に入ってんだ。けどまあ、アドバイスするとしたら、もっと周りを頼れ」

親父殿はそこに、「まさかソロで攻略に身を乗り出すとは思わなかったぞ」と付け加えた。

え、この秘境、複数人でも入れるの？

何それ聞いてない。

「というか親父殿、これ以上ないくらい完璧なタイミングで登場したけど、もしかして最初から見てたんじゃ――――」

「さて、本題に入るか。クロウ」

聞けよ！　くそ、どいつもこいつも、俺の話を聞こうとしないやつばっかりだ！

「奥義伝授の時間だ」

わーい！　待ってましたー！　そう、そうだったよ！　もともと、それが目的でこの秘境を探してたんだった！

いやぁ、長く苦しい旅路だった。十年以上の歳月を経て、ようやく、この瞬間を迎えたんだ。言葉にするなら感無量だ。

「一度しか見せない。よく見て、学び、使いこなせるようになれ」

親父殿は、ゆっくりと手のひらを天へと掲げた。

瞳は閉じられていて、一見すると隙だらけだ。

(なんだ、この威圧感、この気迫)

どれだけ間合いを取っても、間合いを詰めても、彼の間合い。わずかにでも動けば致命傷を負う。

そんな予感がしてならない。

親父殿の髪が揺れる。

シロウと同じ黒髪が、根元から毛先にかけて蛍火色にきらめいていく。彼の周囲に燐光《りんこう》がほとばしり、荘厳さすら放っている。

「来い」

　掲げていた手を下ろして、親父殿は自然体で俺と向き合った。いまだルーンを描く気配はない。俺に先手を譲るつもりだろうか。それとも、すでに準備が整っているのだろうか。

　確かめるなら、最速の一撃だ。

　その一撃は光速度に迫る。その一撃は神罰の威力を誇る。その紋章の名は――

「ᚦ《スリサズ》ッ！」

　到達は一瞬だ。親父殿にルーンを描く隙など与えない。発動したルーンは、一条の稲妻となって空間を駆け抜けた。そして、

「は……？」

　俺が見たのは、ノーモーションで現れた水壁に誘導され、親父殿を避けて通る稲妻の跡だった。

「どうした、クロウ。この程度か」

　あ、やべえ。魔力が切れる……。

　ちくしょう、いま、いいところなのに。

　まだ、気絶するわけには、いかないのに……。

「ᚠ《フェフ》」

　気絶する寸前、親父殿が指先に灯したルーンで俺を打ち抜いた。俺はそれを受け止めた。もとより、回避するだけの気力もなかったし、この魔法は攻撃的なものでもない。

この文字が意味するところは、豊穣《ほうじょう》、所有、分配。

つまり、魔力の譲渡だ。

「手間かけさせるな。奥義の伝授中、魔法一発撃って気絶するやつがどこにいる。それとも、お前の実力はその程度か？」

やれやれといった様子で肩をすくめ、親父殿があきれ半分の笑みを浮かべる。

（そういうのは！　俺がシロウにやるやつ！）

親父殿の姿をしているから手を抜いてやっていたが、そっちが俺のアイデンティティに踏み込むつもりなら容赦しない。

親父殿が知らない、俺だけの派生魔法。前世の記憶に基づいたとっておき。その文字は――【滅】。

「ほう、独自の文字か。面白い」

親父殿は見《けん》に回っている。避ける様子も迎撃する様子もない。生身で受け止めるつもりか？　侮りすぎじゃないか、そいつは。記憶の彼方《かなた》で後悔するがいい。

「だが、無意味だ」

「なっ！」

打ち出した【滅】の文字とのパスを、強制的に断絶された。いや、違う。奪い取られた。俺の文字魔法が、親父殿に。

（いつの間に、ルーン魔法を展開したんだ！）

親父殿の頭上にはᚨ《アンサズ》の紋章が輝いていた。言葉の力やメッセージ、干渉を意味するルーンだ。魔法そのものに干渉し、制御権を奪取したとでもいうのか。

（くそ！）

とっさに、ᛁ《イサ》の文字魔法で【滅】を止め、その間に新規に同じく【滅】を描いて相殺する。

「遅い」

相殺した【滅】の真後ろに、もう一つ別の【滅】の文字が。俺が発動した二つの【滅】は、互いに打ち消し合い、消滅している。

（模倣したのか？　あの一瞬で、【滅】の漢字を！）

ᚢ《ウルズ》のルーンをとっさに描き、全力で横へ飛ぶ。俺がさきまでいた場所へ到達した親父殿の【滅】が、渦潮状に広がって、周囲の空間をまるごと食らう。

（ふざけるなよ！　やってることが滅茶苦茶《めちゃくちゃ》じゃねえか！）

舌打ちをしたのは、親父殿が【滅】の意味をきちんと理解して使っていたからだ。ルーン魔法もそうだが、文字が持つ意味を具現化するこの手の魔法は、文字に対する理解力が威力に直結する。つまり、形だけ模倣できても威力は見掛け倒しの可能性に期待したわけだが、どうやら希望的観測だったらしい。

「どうしたクロウ、俺はお前の記憶だぞ」

「読み取ったのか、俺の記憶から、【滅】の文字が持つ意味を」

親父殿は短く鼻で笑った。ようやく気づいたかと、子どもをからかう父親がそこにいた。

（ふざけるな！　ルーン魔法を凌駕《りょうが》する文字魔法の使い手ってのは俺のお株だぞ！）

一度距離を取り、思考を再開する。親父殿が【滅】の文字以外を使う様子はいまのところない。

俺が使わない限り使わないと縛りをかけているのか、それとも俺が文字魔法と認識して行使しようとしない限り解析できないのか。どちらにせよ、手の内をむやみにさらすわけにはいかなくなった。

(どうする。文字魔法を使えば、親父殿はそれを理解し、手札に加え、攻撃はさらに苛烈を増す)

だからと言って、ルーン魔法に限定して戦うのは蛮勇が過ぎる。それは相手の最も得意とする魔法だ。その舞台で戦うのはあまりにも分が悪い。

くそ。せめて、相手が俺の記憶から生み出されたクローンではなく、オリジナルの親父殿だったら——

「せめて記憶ではないオリジナルだったら戦いようはあったのに、とでも考えているのか?」

「は……?」

息を呑んだ。その理由は、俺の思考を見透かされたように語り掛けられたからではない。自らの目を疑わざるを得ない光景が、飛び込んできたからだ。

「だとするなら、あまりにも浅はかだな。俺とお前の実力差は、お前が持つ独自言語でどうこうできる代物ではない」

「冗談、だろ」

俺は瞬きすらしていない。だというのに、気が付けば、親父殿の背後に四つの【滅】が浮かんでいる。

ありえない。

ルーン魔法よりはるかに痛烈な威力を誇る、漢字を使った文字魔法最大の弱点は、書き取りに時間がかかることだ。そのはずだ。

その欠点を克服して、無音無動作で、親父殿は四つの漢字を無から生み出した。

(んなのでたらめが過ぎるぞチート野郎！)

ᛁ《イサ》で時間を止めた？　いや、ᛁ《イサ》を描く素振りすらなかった。

まるで階段関数だ。連続性が欠如している。ある時刻を境に四つの【滅】は、本来あるべき生成過程を省略して、無から有へと転じた。

親父殿が右手を前にかざす。大仰な動きは必要ない。四つの【滅】は、ただ彼の命を忠実に果たすがごとく、宙を走り、俺へと迫る。

「ᚷ《ギュフ》！」

とっさに選んだのは結合を意味するルーン文字。親父殿が放った【滅】同士をぶつけ合い、俺に着弾する前に相殺する。

「この程度じゃないだろう、クロウ」

焼けるような熱を帯びた呼気が、俺にいくばくかの冷静さを与えた。吐き出した熱の分だけ、思考がクリアになり、落ち着いて物事を客観視する余裕を作り出す。

ノーモーションで発動したルーン魔法。筆記する素振りすら見せずに完成した漢字。親父殿が使っているのは、俺が知っているルーン魔法とは、全く異なる何かだ。

いつか追い越すと誓った背中は、この期に及んであまりにも遠い。手を伸ばしても、指先すらかする気配がない。勝てない、わけが、ない。

（親父殿が俺を初めて見た時、まだ漢字を使った文字魔法は存在していなかった。必然、親父殿が俺に教えるつもりだったのは、ルーン魔法の正統奥義のはずだ）

そしてルーン魔法は全部で二十五種しか存在しない。たったの二十五種だ。その中に、一連の高速筆記を可能にするトリックは隠されている。

肺にたまった空気を押し出すように、吐息をこぼす。

「なるほどな、だいたいわかった」

この目に映る世界に、親父殿の背中を見た気がした。奥義の継承が始まったときに見せた、天へと手のひらをかざす、大きな背中だ。

手を伸ばせば遠ざかる背中に、それでも手を伸ばす。極限の集中が、世界から色を奪う。灰色の世界が目の前に広がる。

胸の右側、魔核から燃え滾《たぎ》るように熱い魔力がほとばしり、俺の呼び掛けに呼応したのは第二十五番ルーン魔法。そのルーンの意味は、無限の可能性。

「《ウィルド》」

肉体という殻を精神が破り、万能感が世界に満ちていく。

小さな戦争が始まった。虐待の時間はここまでだ。反撃の狼煙《のろし》を上げろ。時は満ちた。いまこそ、世界一物騒な親子喧嘩の始まりだ。

これより脳内作戦タイムを開始する。親父殿がああきたらこうして、こうきたらああする。よし、作戦に抜かりなし！

「いくぞ」

第一手、ᛁ《イサ》。時空さえ凍結させるルーン。もっとも使い慣れたそれを行使しようと頭で考えるのと、それが発動するのは全くの同時だった。まるで頭の中に描いた紋章が、そのまま顕現するかのようだ。

だがそれは、親父殿とて同じだ。

俺の初動を見切っていたのだろう。俺が時の流れを凍結させるのに合わせて、親父殿も同じくᛁ《イサ》を発動する。時間軸を切り離した三次元空間を、俺と親父殿だけが自在に闊歩《かっぽ》できる。

時空が固定された世界では、光子すら静止する。俺たちは互いに互いを視認できていない。だから、親父殿の次の一手は手に取るように読めた。

二手目、【感知】。お互いに五感を縛った状態では攻め手にも守り手にも欠ける。だから、盤面を把握する一手が必要となる。だが、俺と親父殿では切れる手札の量が違う。

親父殿はここまで漢字を【滅】しか使っていない。それは、俺が使った漢字の意味をたどることはできても、意味から漢字を逆引きする経験が不足してのことだと見た。

親父殿が使えるのは、あくまで、俺が使った漢字に限定される。だから、先んじて一手を放った。

放った直後、親父殿が◇《イング》を行使するのがわかった。そのルーンの効果は魔法反応の検出。

状況を探るなら、ルーン文字より漢字の方がよっぽど強力だ。このアドバンテージを逃す手はない。

俺の魔法の残滓《ざんし》を追いかけて、親父殿が炎を放つ。ᚲ《ケナズ》だ。だからとっさに炎熱を防ごうとして、その時には俺の三手目、ᛚ《ラグズ》が激流を呼び起こし、炎を鎮火していた。

（読めてんだよ！）

なあ親父殿。俺があんたの背中をどれだけ追いかけてここに立っていると思う。面と向かい合って、試合を始めて数分間。それがあんたが俺と向き合った時間だ。でもな、こっちは十五年と数分間を費やしてあんたと向き合って来たんだ。年季が違う。

（そしてこれが、最後の一手だ！）

詰め手、魔法不使用。おのが身体能力を頼りに、親父殿へと肉薄する。

（獲《と》った……っ！）

必中を確信した。親父殿はᛜ《イング》で、魔法の発動でしか俺の居場所を探れない。いくら相手が思考速度をそのまま反応速度にするとしても、知覚できないなら応戦のしようがない。

翻って、俺の【感知】は親父殿の一挙手一投足を寸分たがわず取得している。その蛍火色に揺らめく頭髪も、深紅の瞳が、俺を見つめていることも。

だけど、だけれど、だけれども。

（え？）

途端に、全能感が払しょくされた。代わりに襲ってきたのは、全身に鉛がまとわりつくような倦怠感。

（ᛁ《イサ》の効果が切れた？　違う、それだけじゃない。【感知】の効果も、いやそもそも――　《ウィルド》の効果さえも）

目と鼻の先に、親父殿の拳が迫っていた。避ける余裕はどこにもない。

声をかみ殺して、地面を転げまわった。

「強く、なったな」

鈍い痛みが走る首から上をやっとの思いで持ち上げると、髪から蛍火色が抜けて、黒髪へと戻っていく親父殿が穏やかな表情で俺を見ていた。赤かった瞳も黒く戻り、必殺の威圧感がどこかへ霧散する。

「いま、お前が到達したのはルーン魔法の一つの極点、　《ウィルド》モードだ。お前も気づいただろうが、この状態では思考に浮かんだルーン魔法が自動で展開される」

俺はうなずいた。通常、魔力は流動性が高く、指先にとどめるのは現実的じゃない。だから一筆一筆、その場その場で魔力を絞る必要がある。

だが、　《ウィルド》モードにその制限はない。

「　《ウィルド》モードは先払いした魔力を使い切るまで続く」

なるほど、と合点《がてん》がいった。俺が使ったのは◇《イング》ではなく【感知】。ᛁ《イサ》により射程十メートルのリミットを外した状態での【感知】だ。森羅万象を補足する魔法の燃費がいいはずがない。俺の後出しの　《ウィルド》が親父殿より先に効果切れになるのも、道理というものだろう。

「また、副次的に髪色や目の色が変わる。クロウ、この意味がわかるか」

「ああ」

わかる、わかるぜ親父殿。

「必殺技っぽくて、カッコいい」

「その通りだ」

俺は親父殿とグーで拳をぶつけ合った。なるほど、この親にして俺ありか。

「強力な魔法だが、その反動は大きい。モード《ウィルド》が切れた後は、発動に要した分の魔力が回復するまでルーン魔法が制限される。お前の独自言語もおそらく同様だろう」

試しに【氷】と書いてみるが、発動しない。

モード《ウィルド》が漢字に対応していたのだから、当然と言えば当然である。

（諸刃《もろは》の剣の、奥義）

いい！　すごくいいな！

いつかシロウが成長して、俺に一矢報いようとしたとき、俺の奥の手が切られ、さらなる絶望がシロウを襲う！　そんな展開が期待できる！

たとえば、こんな感じ。

◇◇◇

土壇場で繰り出されたシロウの奇策が、クロウに牙を剥く！

「やったか……っ！」

勝利を確信し、シロウが相好を崩す。だが、

「ほう。奇策とは言え、よくぞ食らいついた」

「そん、な。ありえない。あの状況から、俺のルーン魔法に対応できるはずがない！」

「貴様の尺度で、俺を測るなよ？」

蛍火色の髪を揺らす宿敵クロウが、シロウに手をかざす。

「ルーンの極致を見せてやる」

矢継ぎ早に展開される数多《あまた》のルーンが、次から次へとシロウに襲い掛かる。

「ぐあぁあぁぁぁっ！」

一度に一文字のルーンしか扱えないシロウに、抗うすべはない。

「こんな、でたらめな相手に、どうやって勝てばいいんだ……っ！」

◇◇◇

「おい、帰って来い」

ハッ！　親父殿と対話中だった！　で、なんだって？

「そろそろ別れの時間だ。お前には、まだやるべきことがあるだろう」

やるべきこと？

「アルカナス・アビスの役割は、奥義の継承だけじゃないってわけだ」

「まさか、アルバスか？」

親父殿の体が、蜃気楼《しんきろう》のように揺れていた。

違う、実際に揺れているのは、この目に映る景色そのもの。世界が輪転し、徐々に、だがしかし力強く、何にも染まることの無い純白へと移ろいで行く。

「その目で確かめてこい」

意識が連続性を失う直前に聞こえたのは、「クロウ、お前は自慢の息子だ」と口にする、親父殿の声だった。


まどろみから意識が浮上する。冷たい空気が肌を刺す。

「おお、ご子息殿！　ご無事でしたか！」

筋骨隆々の髭爺さんが横にいた。なんだかすごく懐かしい気がする。

空を見上げた。星をなぞる。うん、天文学とか詳しくないし、時間経過とか探れないや。

「どれくらいたった」

「は？」

「俺が禁門を開いて、どれだけの時間が経過した」

「黒い影に呑まれたと思って、まださほど時間は経過しておりませぬ」

ふむ？　俺はてっきり、ループの間も時間は前に進んでいるものだと思っていたけれど違ったのか。いや、内外で時の流れる速度が違う可能性もあるか。いまとなっては、探るすべもないな。

「ご子息殿、禁門が！」

光を飲み込むような黒で塗り固められた禁門に、光の亀裂が走った。まるで、永遠にも思える天命を全うするかのように、役目を終えた禁門が砕けていく。

空に、笑い声が響いた。

『あーはっは！　これは傑作だね、まさか、君自らボクの復活に一役買ってくれるとは』

頭上を仰げば、星空を背負って、宙に立つ男がいる。

『そんなにボクが恋しかったのかい？　クロウ』

糸目のそいつを、俺はよく知っている。

「アルバス」

『様をつけろよ？　劣等種』

わずかに見開かれた目が、俺をにらんでいる。だが、ふいにフッと笑い、またまぶたを下ろした。

『まあ、多少の不遜は許してあげるよ。君のお陰でボクを縛る封印が、また一つ解かれたんだからね。クロウ、この意味がわかるかい？』

アルバスの頭上に、煌々《こうこう》と輝く、恒星のごとき火球が浮かんでいた。雪国の冷気を焼き払いながら、その魔法を、アルバスは悠然と大地に落とす。

『過ぎし日の雪辱を果たさせてもらうよ』

やれるものならやってみろ。

奥義を継承したいまの俺は、お前とシロウがタッグを組んで挑んできても、負ける気がしねえ！

……いや、ちょっと待て。

（やべえ、まだ　《ウィルド》の反動が抜けてない！）

まずいまずいまずい。

この火球を生身で受けたら死ねる！　助かるわけがない！

くっ、さすがアルバス汚い！　俺が魔法を使えないタイミングを見計らって襲撃してくるとは、やることが汚い！

それでもお前は初代ラスボスかよ！　もっと誇りとかプライドとか無いのかよ！　正々堂々戦え！

「師匠ッ！」

声がして、アルバスの魔法すら呑み込む巨大な水球が迎え撃つ。こ、この声は、まさか。

（サ、ササリス！　ナイスタイミングだ！）

おおおお！　でかしたぞササリス！　まさかここ一番でお前に感謝する日が来るとは思わなかったぞ。

『チィッ、ボクの火球を呑み込む水球だと？　なんだそのでたらめな魔法は！』

アルバスがドン引きしてるよ。さすがササリスさんやで。

『けど、所詮は劣等種』

アルバスが岩壁へと手のひらをかざすと、岩壁がはがれ、鋭い巨大な槍のように集っていく。

『三属性しか扱えない君たちがボクに敵う道理なんて無いんだよッ』

「やーっ」

『なっ！』

間の抜けた声とともに、岩の槍はズタズタに切り裂かれた。糸魔法だ。ササリスの糸魔法が、アルバス渾身《こんしん》の一手を無に帰した。

『まだだ！』

躍起になって、アルバスが旋風を呼び起こす。まずいか？　形を自在に変える水も、岩すら引き裂く糸も、形なき風をとらえることはできない。

「師匠、どうしよう」

おおい！　弱気になるなよササリス！　大丈夫だ、お前ならやれる！　やれる！　どうしてそこで諦めちまうんだよ！　もっと、あつくなれよォ！

『今度こそ、くたばれ劣等種どもッ！』

寒空にアルバスの高笑いが反響して、掻き消えた。

アルバスの声量をはるかに凌駕するブレスによって。

「ギュラリュルゥウゥウアアアッ！」

『なぜ、貴様がここにいる。海神《わだつみ》』

お、おおおおおっ！　海神様！　これ以上ない最高のタイミングですよ！　あんた最高だ。

ところで、一つ質問していいかな。

もしかして、出てくるタイミングうかがってたか？

海神様はそっぽをむいた。

テメエ！　やっぱりそうじゃねえか！　アルバスが火球で俺を焼き殺そうとした時も、鋭い岩石を投擲《とうてき》しようとした時も、隠れて事の成り行きを見守ってやがったな！　許せねえ！

『クソが』

悪態をついて、アルバスが空中へとふよふよ浮いていく。

『仲間に恵まれたね、クロウ。勝負は預けといてあげるよ。ボクが完全なる復活を遂げた時が、君の命日だ。せいぜいその日をおびえて待つがいい。あはははっ』

言ってろ。お前は逸したんだよ、俺を殺せる、唯一無二の好機をな。


「ねえねえ師匠、師匠」

なに？

「なんで反撃しなかったの？」

う、やべえ。

(まずい、ルーン魔法が使えないことをササリスに感づかれると一巻の終わりだ)

いままでなんだかんだ自衛できてたのは、抵抗する手段があったからだ。だがそれが無いと気づけばササリスは何をするかわからない。俺はなされるがまま時が過ぎるのを待つしかない。それはダメだ！

「俺が出るまでもなかった、そういうことだ」

神様、お願いします。どうか、ササリスが気づきませんように！

「へー？」

俺の両手首を掴んで、ササリスが俺に圧し掛かった。

（こいつ、糸魔法で俺を地面に縫い付けて……っ！）

やべえ、身動きがとれねえ。

「師匠、さてはいま、魔法が使えないね？」

腹の上にササリスが腰を下ろした。出会った頃は心配になるほど細かった体は、くびれを残したままみずみずしい張りを誇るようになっていた。しかし、重なる幼少期の面影の記憶と比べて、体が軽い気がする。

ササリスが俺の肩を掴んだ。前のめりにササリスが俺の顔をのぞき込む。だから、気づいた。ササリスの表情が硬い。

しばらく、沈黙が続いた。ササリスが何かを言おうとして、だけど唇を震わせて、言葉をかみ殺すように口を閉ざす。

頬が赤らんでいるのは、きっと夜風が冷たいからだ。耳まで赤くなっているのも、きっと。

「あ、あのさっ、師匠っ！」

瞳を揺らし、眉に力を込めて、唇をかみしめ、ササリスはまぶたを下ろした。それから、たははと、表情から力を抜いた。

「なーんてねっ、わ、わかってるよ？　ドッペルスライムなんでしょう？　だから、固有魔法である文字魔法を使えなかった。そうだよねっ」

へたくそな笑顔を浮かべ、ササリスは糸を解いた。

嘘だ、と思った。彼女は気づいていた。俺が本物であることに。

「ササリス！」

立ち去ろうとする手を取り、呼び止めた。びくりと身を震わせたササリスが、驚いた様子で振り返る。振り返った彼女を、腕の中に抱きしめる。

言葉にしなきゃダメだと思った。のらりくらりとかわすのは不誠実だと思った。

「ありがとう。お前が来てくれて、助かった」

だから、ありがとうと、ぎゅっと腕に力を込めた。抱きしめた彼女の肌は、ひどく冷たかった。

寸秒、行き場を探していたササリスの腕が、恐る恐るといった様子で俺の腰に回り、帰る場所を見つけたようにぴたりと沿わす。

「師匠師匠、これって実質プロポーズでは！」

「茶化すな」

「あー、うー……うん」

しゅんとしたササリスが俺に身を預けた。

すり鉢状の盆地から望む満天の星々は、いつもよりずっと輝いて見えた。

【幕間：正義を守ること】

クロウが聖域を荒らしていたころ、シロウたちは交易宿場駅にいた。本来の目的である、自警団と連絡が取れなくなった原因調査の依頼を達成したからだ。

シロウは口数が少なかった。クロウに言われたことが、ずっと、喉の奥に刺さったまま消化できずにいたからだ。

――正義を守ることが正義だというなら好きにしろ。俺はそれを正義とは思わないがな。

シロウはふくれっ面をして不機嫌を態度に表した。

(んだよ、それ)

自警団は正義の味方だ。都市に郊外、村落の治安を守っているのは彼らだ。それと敵対することこそ、秩序を乱す悪行ではないだろうか。

少なくとも、頭の中で考えている限り、その論証に間違いはない。

(わけがわかんねえ。みんなが正義を守れば、世界がよくなるんじゃねえのか)

それなのに、どうしてだろう。胸の奥がざわつく。クロウの言葉が的を射ている気がして、心が落ち着かない。

交易宿場の北側から、汽笛の音が響いた。

「ふむ。機関車はダイヤに遅れるものと聞いたが、きちんと定刻についたな」

「えへへー、ラッキーだったね」

ラーミアとナッツのほんわかした会話に毒気を抜かれて、シロウは悩むのをやめた。

「ね、ねえ。なんだか列車の様子、おかしくない？」

駅のホームからナッツと一緒に機関車をのぞき見れば、勢いよく蒸気を上げて、猛スピードで列車が突っ込んできていた。減速する気配はない。車掌は何かを叫んでいるようにも見える。

「まずい！　全員ホームから離れろッ！」

いち早く、未来を予見したのはラーミアだ。

「暴走した列車が突入してくる！」

だが、ラーミアの忠告に反応できた者はごくわずかだった。最後のカーブを曲がり切れず、車体を横転させながら突入してくる蒸気機関車がホームに激突し、二両目以降を宙に跳ね上げ、客車の何両かがホームに乗り上げる。

けたたましい悲鳴が、駅のホームに響き渡った。

風魔法で身を軽くしたラーミアが、間一髪のところで客と列車の間に割って入った。大きな金属盾を構え、客車を受け止める。

「ぐっ！」

客車は一両につき、およそ三トンの重量があった。全速力で突進してきた車両の時速は三十マイル近くに及ぶ。ラーミアの全身が、かつてない負荷に悲鳴を上げる。

「我が、名は、ラーミア・スケイラビリティ」

だから、いままでより、強い一歩で踏みとどまる必要があった。

「騎士の名にかけて、この先は通さんッ！」

骨が砕け、皮が裂け、血しぶきが上がる。それでも、ラーミアは器用に盾の面の角度を変え、客車を、線路側へと受け流す。

「がはっ」

「ラーミア、しっかりして！」

「みん、なは」

「無事だから、いまはしゃべらないで」

深手を負ったラーミアにナッツが駆け寄り、一生懸命にヒールをかける。

横転した車両はホームをだいぶ進んだところで、ようやく停止した。


横転した車両の下から、何かが這い出てくる。

乗客だろうか。否、違う。言葉にするならば、招かれざる客だ。

「な、なんだこいつは！」

その男は平たい頭をしていた。目の上が張り出していて、全体的に顔の彫りが深い。四肢は短く、寸胴だ。

「ヅカダルナウ。ヌゴヲ、ユギゼ」

「う、うわぁぁぁぁあっ！」

シロウが見たのは、ホームにいた一人に襲い掛かる、人らしからぬ人の姿だった。

「おい、やめろよ！　お前、何してんだ！」

ずんぐりむっくりを羽交い絞めに、引きはがそうとして、気づいた。

（なんだ、こいつの筋肉量、本当にこいつ、人間か？）

まるで鉄の杭を地面に突き刺したかのように、びくりとも動かない。

「スヨマヲ、ゾロナ」

「ぐあぁ……っ！」

その、異様な体幹の生物が腕を払えば、シロウはホームをごろごろと転がった。

「シロウ！」

ナッツが彼の名前を呼ぶ。

「お前なあ、もうムカついたぞ！　人の話は聞けっての！　ᚲ《ケナズ》！」

ずんぐりした怪物はシロウを一瞥し、短くつぶやいた。

「ムソユ」

その一言で、シロウが放った火炎放射の直線上に、水の壁が立ちはだかった。火は水に消し止められ、四肢の短い男にはまるで効いていない。

「なっ、だったら」

宿敵クロウとの戦いで覚醒した、二つ目のルーン。

「ᚦ《スリサズ》！」

赤い稲妻が弾けて、顔の平たい男へと襲い掛かる。

「モタタ」

地面を化け物が踏み抜くと、隆起し、雷は大地へと流れて消えた。

「グザマガラマロヨグヌズデヨロ」

一瞬だけ直径一メートル近く広がった火球が手のひら大に縮小し、シロウに向かって飛び出した。

「避けろ！　シロウ！」

ラーミアが叫んで、シロウはとっさに、全力で横っ飛びをした。刹那、爆風がシロウを追い越し、炎熱が彼の背中を焼いた。

きしむ体を無理に起こし、敵を見据える。

（なんだよ、なんなんだよこいつ！）

火、水、地の三属性を操る人間などいない。それはこの世界の基本原則だ。クロウやシロウは例外、に見せて、厳密に言えばᚲ《ケナズ》は火属性魔法に似た固有魔法、ᛚ《ラグズ》は水属性に似た固有魔法、といったように、属性魔法ではなく固有魔法に分類される。

つまり、目の前の相手の可能性は二つに一つだ。

一つはシロウやクロウと同じ、固有魔法の使い手。

そしてもう一つは、人のようでいて、人ではない化け物である可能性だ。

（どうする、どうする！）

確かなことは、相手が常識の外にいる怪物であること。実力の差はどれだけあるのか。正面から戦って勝ち目があるのか。何もかもが予測不可能だ。

そんな相手に、どうやって戦略を組み立てればいい。

「少年、これを使え」

いつのまにかシロウのそばに、フードをかぶった男がいた。その男は、不思議な紋章の描かれた羊皮紙を広げて提示している。

「これは？」

「十年以上昔、君とよく似た魔法を使う男がこの紋章を使っているのを見たことがある。その効果は、魔法の奪取」

「魔法の、奪取？」

フードをかぶった男がうなずいた。フードの隙間からは、緋色の毛先が見えていた。

「相手は基本属性の概念を逸脱した存在で、こちらが繰り出す属性に有利な属性で打ち消してくる。だが、相手の魔法そのもので攻撃が可能なら？」

「そ、そうか！　俺のルーン魔法は通じなくても、やつ自身の魔法を使った反撃なら倒せる可能性はある！」

一縷《いちる》の勝ち筋を見出《みいだ》して、シロウが瞳に光を宿した。力強い視線で、敵対者に向き直る。

羊皮紙に描かれた紋章を、シロウは頭に刻んだ。しのぎを削り合う覚悟はできた。

額を汗が滴る。極限の集中と極度の緊張で、舌がひりひりとしびれる。

「ガセユ！」

古代文明人が叫び、不可視の斬撃が襲い掛かってきた。風属性魔法だ。

(やっぱり来たか、四つ目の属性！　本当に常識外れだ、けど)

さきほど脳裏に刻み込んだ、たったいま覚えたばかりの紋章を、淡く光る指先で虚空に描く。

(あいつほどの化け物じゃねえ！)

その紋章の名が、自然と頭に浮かび上がる。新たに会得したルーンの名を叫ぶ。

「ᚨ《アンサズ》――ッ！」

二画からなるその文字の原義は、コミュニケーション、転じて干渉。

輝くルーンが頭の平たい怪人の放った魔法に直撃し、その制御権がシロウに譲渡される。

「お前の技、そっくりそのまま返すぜ！」

ずんぐりした男は風の刃で身をズタズタに切り裂かれ、断末魔を上げて崩れ落ちた。

「はぁ、はぁ。勝っ、た」

静寂の後に訪れたのは、盛大な称賛の嵐だ。

「う、うおぉぉぉぉっ！」

「すげえぞ小僧！」

「よくやった！　あんたはサイコーだぜ！」

居合わせた乗客が、口々にシロウを称賛する。

感謝されることをしたという実感が、勝利に遅れてやってきて、シロウは口元を緩めた。

(そうだよ、クロウの言うことなんてでたらめだ！　俺は間違ってなんかいない！　ここにいるみんなの喜び方が、何よりの証拠じゃないか！）

シロウは自信を取り戻し、拳を固めた。

「お見事、まさか本当にあの紋章を使いこなすなんて」

フードの隙間から緋色の毛先を見せる男が、パチパチと拍手を送る。

「そうだ！　聞きたいことがあるんだ！」

シロウは目じりを指先で吊り上げて、形相を悪人風に真似て続ける。

「この文字を使ってたのって、もしかしてこんな目つきの悪い、白銀の髪色のやつじゃなかったですか？」

遠目にそのやり取りを見ていたナッツは「悪意マシマシだね……」と少し幼馴染《おさななじみ》にひいていた。

「ん？　いや、どちらかといえば、君とそっくりだったな」

「俺？」

「あの人の名前は、なんて言ったか、ええと」

「もしかして、イチロウ？」

「ああ、そうだ。そうそう、イチロウだ」

シロウは男に一歩詰め寄った。目を輝かせて、笑顔を浮かべている。

「父さんを知ってるんですか！　教えてください！　父さんはどんな人だったんですか」

「落ち着きなよ少年」

昂奮した馬をなだめるように、フードの青年はシロウに「どうどう」と繰り返した。

「君の父親は凄腕《すごうで》の冒険者でね、ボクの集落に昔、二度ほど立ち寄ったことがあるんだ」

シロウはわくわくして「それでそれで？」と続きを催促する。

「あ！　自己紹介がまだでした。俺はシロウ！　あなたは？」

「ボク？　ボクか、そうだな」

男がフードを外すと、真っ赤な髪色の、精悍《せいかん》な顔つきの男が現れた。

「しがない墓守の末裔さ。それより少年、どうだ、君の親父さんが使っていた魔法、もっと知りたくないか？」

願ってもない申し出だった。

「教えてくれるんですか？」

食い気味にシロウが問いかける。

「ああ。もちろんさ。君の親父さんには、世話になったからね」


「シロウ、本当に大丈夫なの？」

ラーミアが驚異の回復力を見せ、歩けるほどになってから、ナッツはシロウにフードの男のことを聞きに行った。

「大丈夫だって、父さんの知り合いだぞ？」

「嘘ついてるだけかもしれないじゃん。もしかしたら、昔何度となく戦ってて、ルーン魔法もそれで知ってるだけかも」

「それならそれですごいよな！　父さんのルーン魔法から生きて逃れてるなら！」

「もう！　シロウは楽観的過ぎるんだよ！」

ナッツは頬を膨らませ、「せっかく人が心配してあげてるのに！」と言い捨ててぷいとそっぽを向いた。

（ナッツの言い分はわかるけど）

シロウはフードの男を見た。

（やっと見つけた、父さんの手掛かりなんだ。それに、ルーン魔法をもっと学べば、あいつとの距離も縮まるかもしれない）

この機会を逃す手は無かった。

（強くなるんだ。正義を守るために）

険しい山脈から冷たい風が吹き下ろした。

交易宿場の時計台に建てられた風見鶏《かざみどり》が回っている。くるくる、くるくると。

【太古盛衰《たいこせいすい》：隘路《あいろ》に——】《ウィルド》に使った魔力は翌朝には回復していた。

今後の目標は大きく二つ。アルバス復活の地を目指すことと、ヒアモリの父を探すこと。

奥義の継承と、聖域での事件の概要を探るという、この村落で果たすべきことは果たした。だから引き返そうとして、気づいた。

「やられた」

俺たちが抜けてきた、聖域へ通じる遺跡という隠し通路が、がれきに埋もれて侵入不可になっていた。たぶん、アルバスの仕業だ。

「時間稼ぎのつもりか？　こざかしい真似を」

「どうする、師匠。山道を登って引き返す？」

ササリスがつぶやけば里長が大慌てで否定した。

「無謀ですぞ、空模様を見なされ！　あれは大雪がやってくる前触れ、いま山道を行こうものなら間違いなく遭難しますぞ！」

む、それは困るな。うーむ、しばらくこの地で足止めか。陸路以外、水路や空路があればよかったんだけど、あいにくこの、山間部にできたすり鉢状の盆地にそんな道が用意されているはずもないし。

「ぐるるぅ」

ん？

「ぐるるぅ」

いた。海神様が俺にはいた。

え、いいんですか？　乗せていってもらっていいんですか？　かーっ、やっぱあんた最高だぜ！

よし、頼んだ海神様！

「師匠師匠」

なんだ、ササリス。

「往路も海神様に頼んだら楽だったんじゃや？」

言うな。それ以上は、言うんじゃない。


海の神の名を冠する白銀の翼竜は、頭を垂れて地に伏せた。背中に乗れと言っているのだ。

だが、ここに来て問題が生じた。

「やだやだ！　抱っこがいい！」

ササリスが駄々をこね始めたのだ。

普通は一番幼いヒアモリを真ん中にすると思うのだが、ササリスにはそんな良識存在しない。先頭をヒアモリ、真ん中に自分、最後方に俺がベストポジションだと主張して譲らないのだ。

「あ、あの、私は一番前でも全然大丈夫ですよ？」

わかるかササリス、これが大人の対応だ。

「ほら、ヒアモリちゃんもこう言ってる！」

配慮してもらってんだよ、気づけ。

「一番前は風が強い、ヒアモリは真ん中だ」

「師匠はそうやってすぐヒアモリちゃんを弱い者扱いする！　いーけないいんだーいけないいんだー！

お義母《かあ》さまに言ってやろ！」

「やめろ」

私欲を多分に含ませてヒアモリを盾にするな。あと母さまのことをお義母さまって呼ぶな。

俺は旅嚢から一本の水筒を取り出すと、口を開き、中身を取り出した。そこから現れたのは、人に化けられる魔物、ドッペルスライムだ。

え、俺っすか？　と言いたげなスライムに無言で圧力をかけ続け、俺に変身させれば準備は完了だ。

俺、ヒアモリ、ササリス、俺に扮《ふん》したドッペルスライムの順で海神様へと乗り込む。よし、いくか。

「ちがぁぁぁあうぅぅ！」

ササリスの嘆きが、すり鉢状の岩壁にこだましました。

すり鉢状の盆地を上空へと駆け抜ければ、見果てぬ先まで広がる大陸と、それを東西に分断する大きな山脈が両目に飛び込んだ。

銀嶺《ぎんれい》の尾根をたどり、南を目指す。

「あれ？　あれれー？　あーれれーっ？　おっかしいぞー！」

ササリスが大きい声で叫んだ。ごめん、風が強いから全然聞こえない。

「聖域に人が集まってるよ？　古代文明人は殲滅したのに、何してるのかな？」

稜線《りょうせん》から視線を外し、まず、鉄道を探す。鉄道の周囲は木々が伐採されていたからすぐに見つかった。その鉄道の北端を追いかける。

視界の隅で、黒い点が動いた。黒っていうのは存外目立つ。部屋の中でゴキブリが動くとそれを目で追ってしまうのと同じだ。そしてその点を追いかけてみれば、その黒色が何なのか、あるいは誰なのかに気づいた。

（シロウだ）

黒い髪の主はシロウだった。左右の、桃色の髪と金色の髪はナッツとラーミアだろう。だが、シロウたち一行はその三人では終わらなかった。もう一人、緋色の髪の男がその集団に加わっている。

（あんなやつ、原作で仲間になったかな？）

記憶を探ってみるが、そんな心当たりはどこにもない。まあ、ササリスが闇医者やってない世界だし、そういうこともあるか、と納得しかけた時、ヒアモリが声を荒げた。

「お父さん！」

海神様、ストップ、ストップ！

俺の直感が告げている。なにか重大なイベントが起きようとしていると。見逃すのはあまりに惜しい。

「引き返してくれ」

海神様は一つ、天高く声を響かせると、旋回し、聖域へ向かって翼をはためかせた。


聖域に近づく俺たちに感づいたのは、やはりラーミアが最初だった。

「あの白銀の翼竜は、まさか！」

遅れてナッツ、シロウ、そして緋色の髪の男が振り返る。一番驚愕を示したのはシロウだ。

翼で風を掴むように、推進力を抑え、土煙を巻き上げ大地に降り立つ。

「お前は、クロウ！　聖域に何の用だ！」

聖域に用なんてない。もう、英雄の魂が天へと昇り、英雄とともに封印されていた古代文明人が一人残らずいなくなった聖域など、ただの英雄の墓でしかない。

「俺に用はない。用があるのは、そこの赤髪の忘れ物だ」

「墓守さんの？」

シロウがきょとんとしたところで、海神様の首からヒアモリが身をよじるようにして下りてきた。

「お父さん！」

少女は手足を一生懸命振って、父のもとへと駆け寄った。赤髪の男は微笑んで、少女を抱きとめようと両手を広げた。その腕の中に、ヒアモリは勢いよく飛び込んだ。

「お父さん、よかった、無事だったのね！」

「ああ、もちろんさ。ええと、確か」

赤髪の男はうすら寒い笑みを浮かべたままヒアモリの目を見つめている。

「お父さん、私のこと、忘れちゃったの？」

「そんなはずないだろう？　大事な娘の名前を忘れる父親がどこにいるって言うんだい」

ヒアモリがひどく怯えている。ふるふると首を振っている。

（なんだ、この強烈な既視感は）

頭がズキズキと痛む。

俺は、この赤髪の男を知らない。いまこの瞬間が初対面のはずだ。それなのに、どうしてか、よく知っている気がする。

ここしばらく行動を共にしていたヒアモリの血縁者だからだろうか。いや、それだけでは説明がつかない。この、胸がざわつく感覚は、もっと別の――、

「違う、お父さんじゃない……、あなた、誰なの」

シナプスが、弾けた。

「さがれッ！　ヒアモリ！」

ᚢ《ウルズ》のルーンを描き、赤髪の男へと肉薄すると、男はヒアモリを盾にするように羽交い絞めにした。だからᛃ《ジェラ》のルーンを描き、それをやつの足元へと蹴り飛ばす。ᛃ《ジェラ》の紋章が接地すると同時に、押し固められた土が角度をつけて隆起して、ヒアモリを避けて男だけを打ち抜いた。

「ぐぶっ、ひどいことをするなぁ、クロウ。親子の感動的な再会を邪魔する気かい？」

「黙れ。貴様が父親を名乗るな」

ヒアモリの血縁上の父親であることは間違いないのだろう。だが、その中身はまるで別物。

お前は、古代文明の王アルバスだ。

「あっはは、大丈夫、覚えてるよ。ヒアモリ、おいで、その男がいかに残虐かは、たったいま見ただろう？」

ヒアモリが俺の裾をぎゅっと掴む。

(何が目的だ。アルバスは、どうしてヒアモリを引き込もうとしているんだ)

脳細胞に火が入る。思考のギアを、一速二速と上げていく。

脳内では様々な情報が飛び交っていた。ここまでで集めた情報同士が、どこか噛み合わない。まるで、ジグソーパズルのピースが裏表入り混じった状態で無理やりはめ込もうとしているかのような違和感。

ピースの、隠されていた裏面を探ってみれば、一つの予測が組みあがる。

「俺の予想が正しければ、悪いが貴様に渡すわけにはいかない」

だから、彼女をかばうように前へ出た。

「ᛊ《ソウェイル》」

それが意味するのは、太陽の光。邪悪を滅する聖なる光。滅びろ、アルバス。

「やめろぉぉぉ！」

だが、俺が文字を書き終え、魔法として発動しようとしたタイミングで、邪魔が入った。

叫びながら俺と赤髪の男の間に割って入ったそいつは黒い髪をなびかせて、すでに一文字のルーンを描いていた。

「━《イサ》ッ！」

その文字が意味するところは、凍結。巨大な氷壁が何層にも重なって表れて、ミ《ソウェイル》の陽光を遮るカーテンとして立ちはだかる。

「邪魔を、するな」

舌打ちを一つ、シロウをにらむ。

「断る！　なにがあったか知らないけど、親子の再会を邪魔する権利、お前にはない！」

本当に親子の再会だったらこんな水を差すような真似しない。けど、そいつは父を騙《かた》る悪人だ。

むざむざ引き渡すわけにはいかない。

「無知蒙昧《もうまい》の偽善者め」

シロウもろとも氷壁を弾き飛ばそうとルーン魔法の展開を準備しようとした時、大盾とランスを携えた騎士が氷壁を飛び越えて目の前に立ちはだかった。

「待て、クロウ。まずは説明してくれ。最初から敵対するつもりではなかったのだろう？　いまのやり取りで、お前だけが何かに気づいたんだ！　いったい何に気づいたのか、わかるように説明してほしい」

おお、やっぱラーミアは一流だよな。シロウみたいに思い込んだらまっしぐらじゃなく、きちんと相手の意見に耳を傾けられるんだもんな。

「その聖域はもぬけの殻だ。封印されていた悪しき者を解き放ったやつがいたからだ。そして、それを成したのが――」

「そうか！　そういうことだったんだな！　諸君、騙《だま》されるな。そいつだ、そいつが聖域を荒らした張本人だ！」

俺が口を開くのを阻止するように、アルバスに憑依《ひょうい》されている赤髪が叫んだ。

「語るに落ちたな。悪しき者が封印されていたと言いながら、どうして聖域がもぬけの殻だと知っている。それはお前が、聖域の封印を解いたからに他ならない」

「随分、饒舌《じょうぜつ》だな。まるで用意していたかのような言い分だ」

確信した。こいつが、封印を解いた張本人だ。

(守り人に裏切者がいると事前に察知したから行動したんじゃない。逆だ。こいつこそが裏切者だったんだ)

すべてのピースがつながった。

ヒアモリがうわごとのように繰り返していたという「お父さんを連れて行かないで」という言葉。半端に暴かれた、古代文明を封印する英雄の墓。この父娘を除き皆殺しにされた守り人の一族。そしてヒアモリに秘められた超常の力。それらから導かれる結論はこうだ。

まず、アルバスがヒアモリの父親に接触した。そそのかされた父親は聖域の封印解除を試みるが、他の墓守に阻まれ、完全に解除できずに捕らえられる。ヒアモリが見たのは、掟を破った者を連行しようとする墓守の手のものだったのだろう。そして荒ぶる感情が魔法を暴発させた。アルバスは人に憑依した状態でも魔法が使える。それも全属性を高度に。だから、たった一人だけ逃げ延びることが可能だったんだ。

（ヒアモリを誘ったのは、聖域での虐殺事件を目撃し、その力を身をもって知っているから）

俺に与《くみ》されると都合が悪いと判断し、引きはがし、あわよくば手ごまに加えようとした。

細かい部分に差異はあるかもしれないが、大きな流れはおそらくこれが真相だろう。

「クロウ、本当にお前が、聖域を荒らしたのか？」

ラーミアが真偽を見極めかねる、といった様子で、瞳を揺らしながら俺に問いかけた。

答えづらい質問を。論点は本来、誰が封印を解いたのか、で争われるのが筋だ。だが、まあ。聖域に英雄が封印されていることと、封印を解くきっかけがその墓を暴くことだと知らなければ、聖域を荒らすことと悪しき者を解き放つことが線で結ばれてしまっても仕方がない。

まず、誤解を解くところから始めるか。

「確かに、聖域を荒らしたのは俺だ」

だがそれは、すでに復活を始めようとしていた古代文明人を討伐するために——

「クロウゥゥゥゥッ！」

シロウの叫び声とともに、氷壁が融解した。気化した水分子が空気中で再び水滴に状態変化し、白煙が目の前に広がった。その煙幕を引き裂いて、深紅の灼熱《しゃくねつ》が轟《ごう》と唸り、迫りくる。

相殺する。

くだ。シロウがルーン魔法を放ったのだ。それを目視してから、水を意味するルーン魔法の〚《ラグズ》で
「待て、シロウ！」

暴走を始めるシロウを、ラーミアが引き留める。

「放してくれラーミア！　あいつだけは、許せねえ！　あんなやつに付き従わされて、あの子が可哀《かわい》そうだろ！」

「やめろ！　話を最後まで聞いてからでも遅くはないだろう！」

なだめるラーミアをにらみつけ、シロウは思い切り言い放った。

「聖域を荒らすやつの話なんて信用できるもんか！」

ラーミアが顔を歪ませた。

「せっかくの言葉も聞く耳持たずか」

これ以上の対話は、どうやら時間の無駄みたいだ。

「待て」

立ち去ろうとする俺を、シロウが呼び止める。

「その子を、置いていけ」

力強い、意志のこもった目ではあった。だが決して、ヒーローがする目ではなかった。悪を憎む心が前面に出すぎていて、痛々しくて見ていられない。

わかるよ、シロウ。お前の視点だと、俺は親子の再会を阻もうとする悪者で、それを阻むのが自

分にできる最善だと信じているんだって。

けどな、俺にも譲れない信念があるんだ。

「言ったはずだ。ヒアモリを貴様らに渡すわけにはいかない」

「力ずくでも奪い返す！」

「できるのか、貴様に」

「俺を、以前の俺と同じだと思うな！」

そういえば、シロウのやつ、いつの間にᛁ《イサ》のルーンを覚えたんだ。

原作で新たにルーン魔法が覚えられるのは、決まってダンジョンでの出来事だ。というのも、すべてのルーンはどこかしらのダンジョンに刻まれているからだ。いや、表現が不適切か。ルーンが刻まれた場所は魔力を帯びて、必然的に他より魔力濃度が高い迷宮化する。だから、ダンジョンでしか新たなルーンは見つからない。

ところで、俺は冒険者試験会場からほぼ最短距離で交易宿場まで北上してきた。仮に蒸気機関車を移動手段にしたとして、シロウにダンジョンを攻略している暇があったのだろうか？

「考え事とは余裕だなクロウ！　ᛚ《ラグズ》ッ！」

シロウの指先が躍り、描かれたルーンから激流がほとばしった。

（四つ目のルーンだと）

とっさに、同じルーンで対抗した。とはいえ、同じルーンでも使い手が異なれば威力が異なる。

シロウがいつの間にᛚ《ラグズ》を覚えたかは知らないが、年季が違う。性能なら俺に軍配が上がる。同じルーンを返し続ける限り、俺に敗北はない、はず。

「まだだ、ᚨ《アンサズ》！」

シロウが続けざまにルーン魔法を展開する。あのルーンは、親父殿も使っていた相手の魔法の制御権を奪う魔法。

ぬかった。シロウがᚨ《アンサズ》を使う可能性を考慮していなかった。それを知っていたら、ᚨ《アンサズ》でも奪えないほど緻密な制御を施していたんだが、いまになって考えても仕方ないだろう。

「もう俺はお前に歯が立たなかった俺じゃねえ！」

そうだな。お前は確かに、力を得たのかもしれないな。でもな。

「この力で、俺は正義を――」

ササリスがいる状況で決め手にᛚ《ラグズ》を選んだのは、失敗だったな。

「えいっ」

間の抜けた掛け声とともに、激流がシロウに向かって流れ込む。シロウがᚨ《アンサズ》で奪った俺の水も、シロウ自身が呼び出した水も関係無い。

「がぁっ、なん、で」

そういえば、シロウは知らなかったか。

自慢じゃないが、うちのササリスは古代文明の王アルバスの水魔法でさえ操れるんだ。

そんなお粗末な精度の水属性攻撃が通用するかよ。

「強くなっただと？　笑わせる」

　こんな話がある。一匹のヤスデが森に棲《す》んでいた。小鳥たちがヤスデに「どうすればそんなにたくさんの足を器用に動かして歩けるの？」と聞くと、ヤスデは答えられず、それどころか、意識するようになると却《かえ》って足が絡まり、歩くことすらできなくなってしまったというのだ。

「お前は強さを得たんじゃない。強さがお前を振り回しているに過ぎない」

「ぐ……っ、卑怯《ひきょう》だぞ。一対一なら、俺は、お前なんかに」

「ᚦ《スリサズ》」

　淡青色の光で描いたルーンが、青い稲妻となり、シロウに襲い掛かる。シロウはこの時を待っていたと言わんばかりに目を輝かせ、ルーンを描いて応戦する。

「ᚨ《アンサズ》ッ！」

　狙いは手に取るように読めている。俺のᚦ《スリサズ》を奪い、俺自身の雷で俺を貫くことだ。させると思ったか。

「無駄だ」

「がぁっ！」

　ᚦ《スリサズ》はシロウのᚨ《アンサズ》を寄せ付けず、そのままシロウを貫いた。直前にᛚ《ラグズ》で水を浴びていた分だけ、ダメージは大きいはずだ。

「なん、で」

「ᚨ《アンサズ》が無条件で相手の魔法を奪うとでも思ったか？」
違う。ᚨ《アンサズ》の語源はメッセージだ。相手の魔法に「味方に付いてくれ」と呼びかけるだけの魔法に過ぎない。

　制御権に干渉されることを想定していない相手の魔法ならば奪えるだろう。だが、相手がそれを想定し、対策しているのなら、奪うのは容易ではない。

　ルーン魔法の使い手同士なら、その勝敗は、ルーン文字に対する理解度が明暗を分ける。

　一連の攻防を一番間近で見ていたラーミアの額には、玉の汗が浮かんでいた。

「この威力、この理不尽、やはり、付け焼刃のルーンで敵う相手ではないか」

　ラーミアの顔から血の気が引いていく。さすがラーミアだ。敵対していて気持ちいい。

「ま、だだ」

「シロウ！　ここは一度引け！」

「ダメだ。ダメ、なんだ。俺は、あいつに負けちゃ、あいつにだけは、負けちゃ」

　ふらふらになりながらも立ち上がろうとして、糸が切れたように、シロウはその場に崩れ落ちた。

（いまなら、アルバスの依《よ》り代《しろ》にᛊ《ソウェイル》が届くんじゃないか？）

　指先を掲げ、ルーンを描こうとして、ラーミアが動いた。

「待て、こちらにこれ以上の反抗の意思はない。ここで勝負を預からせてもらいたい！」

「断る、と言ったら？」

「死力を尽くして邪魔だてさせてもらう。聖騎士の誇りにかけて！」

かーっ、これっすわ、これっすわ。ラーミアの一言一句が、俺のダークヒーロー欲求を満たすおぜん立てをしてくれる。

「聖騎士が相手をしてくれるなら願ってもない、が」

ここでアルバスを引きはがそうとすると、本当に、ラーミアは命尽きるその瞬間まで抗いそうだ。

こんなところで失うには、彼女という逸材はあまりに惜しい。

「いまはそのプライドに免じて見逃してやる」

去り際、アルバスに向けて声をかける。

「残念だったな、ようやく見つけたルーン使いが俺の下位互換で」

「大きなお世話だよ、クロウ」

俺はアルバスと火花を散らし、その場を後にした。


海神様に乗って空を移動していても、ヒアモリは終始落ち込んだまま、何も言葉にしなかった。

時折後ろを見れば、うつむいたまま動かないヒアモリと、気まずそうにしているササリスがいる。

ササリス、お前、空気読めたんだな。

(収穫がなかったわけじゃない。今回の一件で、聖域で起きたことの顛末《てんまつ》がおおよそわかった)

すべてはアルバスの陰謀だ。やつが裏で糸を引いていたんだ。

聖域の侵入者は、ヒアモリの父親だ。北の隠れ里ではヒアモリの父はアルバス復活を止めようとしていたと教えられたが、何のことは無い。アルバス復活を目論む怪しい動きをしていた者こそ、ヒアモリの父だったんだ。

隠れ里の人間に避難勧告をしたのも、禁門から人を遠ざけ、封印を解くためだったのかもしれない。

英雄の墓を中途半端に荒らしていたのは、墓守に妨害されて中断を余儀なくされたのか、完全復活しないうちに英雄と対峙するのはまずいと考えたのか、それとも依り代が最後の抵抗を見せたのか。あるいはその複合かもしれない。

だがまあ、何が実際に起きたことだとか、どの推測が間違っているとか、もうどうでもいいんだ。

確かな思いは一つだけ。

(アルバスの野郎は、俺が潰す)

やつがヒアモリの父の体を奪い、彼女の心に傷を負わせたのは覆しようのない真実なのだ。俺の時もそうだった。あいつは、親愛を利用し、人を駒のように操ろうとする。それが俺には許せない。

再封印なんてさせない。蘇らせたうえで、今度こそ葬り去ってやる。この世界から、完全に。

「はぁ、はっ」

後ろで荒い息が聞こえた。羽のように軽い体が、寄りかかるように俺に体重を預ける。

「師匠、大変。ヒアモリちゃんが、すごい熱!」

「……わかった」

ここからだと、一番近いのは交易宿場か。海神様、一度引き返して、近くで下ろしてくれ。

引き返した交易宿場で宿を取った。病床で熱にうなされるヒアモリを、ササリスが懇切丁寧に看病している。

ベッドのそばには水を張ったバケツが置いてあった。ササリスが水魔法を溜《た》めたバケツだ。清潔な布を額に当てて、熱でたんぱく質が変性するのを防いでいる。

「お父さんのこと、よっぽどショックだったんだね」

それもあるが、それだけじゃない。移動を詰めすぎた。北の隠れ里で一日くらい休んでも良かった。俺やササリス基準で物事を考えていたから、ヒアモリの負担まで気が回っていなかった。まして、父親が失踪し、指名手配されているという状況だ。身体だけでなく、心の方にかかる負担も大きかっただろう。

少し、この町に滞在しよう。ヒアモリが体調を回復するまで。

「でも、師匠、アルバスはどうするの？　あたしたちがゆっくりしている間に、残りの封印を解いちゃったら？」

おいおいササリス、言わせるなよ。

「都合がいい。その時は今度こそ完全にこの世から葬り去る」

封印が半端に残っているより、完全復活してくれているほうが跡かたなく消し去れる。そういう意味では、さっさと完全復活を果たしてくれた方が都合がいい。

「お、父さんを、つれて、行かないで」

汗をだらだらと吹き出しながら、ヒアモリが虚空へ手を伸ばした。その時だ。彼女に被せた布団を突き抜け、まばゆい光があふれ出す。

（まずい、この光は！）

見覚えがあった。屋内市場でこの光を初めて見た時の衝撃は、忘れようがない。無差別の自動追尾式光線機関銃とでも呼べばいいのだろうか。

こんな室内で放たせていい代物ではないぞ。

「大丈夫、大丈夫だよ、ヒアモリちゃん。お父さんは、あたしたちが絶対、連れ戻すから」

ササリスがヒアモリの手をぎゅっと握る。徐々にヒアモリの背中からあふれる光が、その勢いを失っていく。

荒々しかった呼吸が、少しずつ落ち着いてきた。いまだ顔色は赤いままだが、ずいぶん険が取れ、落ち着いた様子だ。

「絶対、絶対だよ」

ササリスはヒアモリの手を、改めて力強く握り直した。


ヒアモリはそれから二日の間、意識を覚醒させなかった。一日のうちほんの数時間だけ目を開いたが、どこか眠たげで、うつらうつらとしていて、まるで夢遊病だった。

ササリスは母さまから医学を学んだみたいだが、俺はさっぱりだ。ササリスも専門は外科なんだが、俺よりはよっぽど傷病に詳しい。

そんなササリスが、ヒアモリの症状には手をこまねいていた。

「重湯《おもゆ》は呑んでくれる。体は生きようとしてるよ。でも、それを心が拒んでいるみたい」

俺には学がない。けれど、その言葉は正しいのだろうと思った。というのも、ᛚ《ラグズ》やᛒ《ベルカナ》で治療を目指しても、まるで症状が良くなる気配がないからだ。

身体的な病気ではない、なら、心の問題と考えるのが道理に思える。

三日たっても、ヒアモリの意識ははっきりとしない。手を引けば後をついてくるが、自分の意志で何かをしようとしない。四六時中夢遊病にかかっているかのようだ。

四日、五日と、時間だけが過ぎていく。

(やっぱり、あの時アルバスを追い払っておくべきだった)

おのれの失態を悔やみ、固めた拳を壁に叩きつけた。壁に軽くひびが入る。

「師匠、器物損壊で訴えられるよ?」

「ああ。老朽化の激しい建物だな」

「あれ？　話噛み合ってる?」

結合を意味するルーンのᚷ《ギュフ》でひび割れをふさいでおこう。ちょっと壁がへこんだままだけど、まあ許容範囲だろう。

「師匠、どこ行くの?」

五日待った。ヒアモリは目覚めなかった。この病を治すために、俺にできることをやる。つまり、父親を連れ戻す。

「どうしてそこまで師匠が責任を感じてるの？　あれは、あいつらが邪魔をしたから」

「違う」

俺のせいだ、と思っている部分はある。だけど、ヒアモリの父親を連れ戻そうとするのは、自らの軽率さを反省してだとか、まして彼女の回復を願ってなんて高尚な理由じゃない。

「これは、俺のけじめだ」

俺がまだ乳児だったころ、俺は己の無力さを知った。親父殿に助けられて、自分のみじめさを思い知った。

俺が力を求めたのは、もう二度と、嘆かないで済むようにだ。どんな理不尽よりも理不尽な存在になって、力ですべてを解決できるようにだ。

「甘かった。腑抜けていた。俺はいつからか、『話し合いで解決しよう』なんて愚考するようになっていたんだ」

そうじゃない、そうじゃないだろう、俺。

歩むべきは覇道だ。並ぶものなき天下無双だ。理不尽は強いるものであり、折衝は唾棄すべき弱者の考えだと断じたはずだ。

(見栄《みえ》を張ったって、できることは増えやしないのに)

ヒアモリの前では、カッコつけたがっていた部分があったんだ。純真無垢《むく》な彼女に、ダーティなところを晒すことにためらいがあったんだ。恐れたんだ、彼女の前で力に訴える振舞い方を。そして、彼女に畏怖されることを。

(うぬぼれるなよ、俺。俺は、ヒーローなんかじゃない)

これはきっと思いあがった俺への罰だ。

「ササリス」

それを償うたった一つの方法が、修羅や外道に落ちることだとしても、もういとわない。ただ、信念を曲げることだけはしちゃいけなかったんだ。

「ヒアモリを、任せた」

「師匠、どこ行く気なの！」

宿屋の窓を開け、隣の家屋の屋根へと飛び移った。

背後でササリスが呼んでいるが、振り返らない。

もう迷わない。俺は、俺の信念を貫く。


俺の原作知識が正しければ、残すアルバスの封印は火山と砂漠だ。

それぞれ大陸北東と南東に位置していて、交易宿場からだと火山の方が近い。早期の復活を図るなら、火山、砂漠の順で巡るだろうとあたりをつけて、結局どちらから追いかけるべきかと思案する。

（海神様、はいないか）

空を仰いだが、かの深海の守護者の輝かしい銀翼はどこにも見当たらなかった。もともと海の守り神だ。いまは海にいるのかもしれない。それとも、うじうじする俺を見限ったのかもしれない。

シロウたちと別れて五日がたった。いまから徒歩で追いかけるのは時間的に難しい。火山は捨てて、砂漠へ先回りするのが賢いだろう。街道を外れて、林を突っ切り、交易宿場から南東に向けて淡々と歩き出した。

（旅って、こんな静かだったっけ）

思えば、この世界に来てから、どこへ行くときもササリスがついてきていた。その騒がしさが日常になっていたと気づいて、胸に穴が空いた気がした。

（腑抜けている）

呼気を一つ、意識を集中させる。思考がクリアになると、周囲の状況が感覚器官を通じて鮮やかに脳へと伝送された。世界が解像度を上げた分だけ、俺は孤独になった。

「ゲゲド」

否。向こうの茂みが揺れて、そこから影が飛び出してきた。よく見ずともそれは、古代文明人だった。

「ネソムカウドプグ、チギベウゴ」

何度となく古代文明人とは戦ったから、対峙すればその力量は、拳を交わさずともわかる。こいつはぐれだ。相手をするまでもない。

「ジニゴフ、ミラドダ！」

駆け寄ってきた古代文明人にᗡ《スリサズ》の紋章を放つ。紫電が飛び散り、やつの体を焼きつくした。品の無い断末魔が、林に響き渡った。

雑魚はダメだ。倒したところで憂さ晴らしにもならないのに、実力差がわからないから引くことも知らない。

「愚か者め」

つぶやいた言葉の矛先が、誰に向けたものなのか。口にした俺自身、わからなかった。

数日かけて林を抜けて、川を下り、草原から荒野へ切り替わる道を東へ進むと小さな町に出た。道中で狩った獣の皮を売り、最低限の支度を整え、さらに東を目指す。

小さな町から東へ続く街道が歩きやすかったのは、きっと、しばらく舗装されていない道を歩いていたからだ。隣を歩く誰かがいないから、ではないと思う。

吹き付ける風が砂っぽくなってくると、やがて街道が終わり、砂漠が広がった。この先に、アルバスの本体が眠る神殿がある。

夜の砂漠は冷え込んで、とても行動できるような環境じゃなかった。だから都合がよかった。苦しいくらいの旅路の方が、難しいことを忘れられる。

夜通しで砂漠を歩くと、やっと、砂丘を超えたところに目当ての場所は広がっていた。神殿とオアシスを中心に広がる、砂漠の民が暮らす里だ。

関所は簡単に通れた。冒険者証のおかげだ。あると便利な代物である。

里の建築には、砂漠とよく似た色合いのブロックがいたるところに使われている。砂岩レンガといったろうか。

植物もほかの地域ではあまり見ないものが多かった。家々は厳しい日差しを防ぐためだろうか、日除《ひよ》けと思われる布が屋根のように広げられている。

(アルバスたちは、まだ来ていないのだろうか)

行けばわかるか。アルバスが眠る神殿に。

『やあ、クロウ。ずいぶん早かったね』

「ᛊ《ソウェイル》」

闇を払う陽光がアルバスに突き刺さった。水蒸気を焼き払うようにやつの体が夜に溶けていく。

『やれやれ、人の話を聞くのが人情ってものだろ』

「霊体か」

焼き払った方と反対側から現れたアルバスが、人当たりのいい笑顔を浮かべていた。

お前が人を騙るなら、俺は化け物で構わない。

『いい目だ。どす黒い感情に塗れた復讐鬼《ふくしゅうき》の目だ。ボクを殺したくて殺したくてたまらないと見た』

「ᛊ《ソウェイル》」

お前とかわす言葉はない。

『無駄だって。ボクの本体は別の場所にある。霊体のボクを一万回殺したって、本当の意味で殺せやしないよ。言っただろう？　君との勝負はボクが完全復活するまでお預けさ。今日は単純に、話がしたかっただけ』

あいにくだが、俺は貴様と話すことなど何もない。

『君が話したくなくても、ボクは一方的に話し続けるよ。そうだなあ、まずは思い出話といこうじゃないか』

目を細め、人に擬態するような、精巧な作り物の笑みを浮かべて、アルバスは機嫌よく語り始めた。

『思えば君は最初からおかしかった。もはや誰の記憶にも残らないボクの名前を知っていたり、ボクが人に憑依する条件を知っていたりね』

後半はお前とササリスが勝手に勘違いしたやつな。

『そして何より、交易宿場からこの町まで、迷わず一直線に来た。まるでボクの本体がここに封印されていると、最初から知っていたような動きじゃないか』

アルバスの糸目がわずかに見開かれ、黒目が俺をにらむ。

『君は何者だ？』

お前はお前が何者かを答えられるのか？　答えられそうだな。古代文明の覇王だもんな。

何者にか成れたやつはいいよな。俺はまだ、何者でもない。

『答えたくないのか？　なら当ててやろうか？　ボクの心眼で』

唇が乾いた。

少しの緊張が、指先をしびれさせる。

こいつ、まさか気づいたのか？　俺が、異世界から転生してきた異分子だと。

『君の正体は――』

ビシッと指をさして、アルバスが吠《ほ》えた。

『未来からタイムリープしてきた未来人だ！』

は？

『どうした、図星をつかれて声も出ないか？』

おい、やめとけアルバス。それ以上は恥をさらすだけだ。どや顔で的外れな推理をさらすのはやめておけ。

『そう言えば、もう一人のルーン使いの幼馴染がピンチに陥ってるときは助けに入っていたね。おやおや、君がこの時代の誰なのか透けてきたじゃないか』

やめろアルバス。それ以上はいけない。クリスタルアルラウネからナッツを救ったのも、背後から奇襲を仕掛けようとしていたスライムを先制で打ち倒したのも別の意図があったからだ。

『君はボクに敗北した世界からやってきた、もう一人のルーン使いだ。そうだろう？』

違うぞ。というかシロウの名前くらい覚えてやれ。俺の名前は覚えてるじゃん。どうして俺以外の名前を覚えられないんだよ。

『あっはは、あくまでシラを切るつもりか』

もう、沈黙を貫いていられない。これ以上、やつが恥をさらすところを見ていられない。

「俺とシロウは母違いの兄弟だぞ」

『え』

「それ以上でも何でもない」

間抜けなサイモンめ。お前が水を掬《すく》おうとしているそれは籠だ。よくもまあそんな穴だらけの推理をいけしゃあしゃあと口にできたものだな。

「想像力が足りないな」

『う、嘘だ！　それだけじゃ説明のつきようがない！　だったら、君はどうして、知りえないはずの情報を知っている』

知りえたんだよ、お前が思いつきもしない方法で。

『答える気はないってか、上等だよ。もとより、ただの好奇心だ。どうせ死ぬやつの生い立ちなんて興味ないね！』

じゃあ何しに来たんだよ、お前は。寂しがり屋か？

『っ』

図星みたいなリアクションを取るな。

『まあいい。ボクの依り代がいま、この地を目指して南下してきている。明日の夕暮れ時にはこの地に到着するはずだ』

そうか。ずいぶんと早い到着だな。待ちぼうけを覚悟していたんだが、どうやら思ったほど時間的な余裕はなかったらしい。

『決戦の時は近い。クロウ、君に残されたわずかな余生、せいぜい悔いが残らないように生きることだね』

言い残してアルバスは姿をくらませた。静かな夜の街を、冷たい風が吹き抜けていった。

夜が終わると、東の空から天道が昇った。火に照らされて伸びる影が、朝焼けの襲来をたたえている。

早起きな住民は、すでにあわただしく動き始めていた。何事もなく、平和に。今日という一日が、歴史の分岐点になることさえ知らず。

決戦の日の夜明け。最終決戦の地を神殿のてっぺんから見下ろす俺、完璧な構図だ。これはムービー挿入待ったなし。決まったな。いまの俺は負ける気がしねえ。


人生というのは何もしなければあまりに長く、何かをするにはあまりにも短いといった旨が『山月記』に書かれていたはずだが、まさにそれで、日が暮れるのはなかなかに苦痛な待ち時間だった。

だが、やってきた。アルバスが憑依する赤髪の男を連れて、シロウたち一行は、この町に。

さあ、最終局面を迎えよう。終わりにしよう、ここですべて。

神殿から飛び降りた。ᚢ《ウルズ》の文字で強化された肉体には一切の損傷がなく、俺が降り立った大地だけが激しく陥没した。かき鳴らした轟音《ごうおん》が、町中に響く。

蜘蛛の子を散らすように、わけのわからない声で喚《わめ》き散らしながら、住民が逃げ惑う。さなか、四つの足音が迫っている。

シロウたち一行だ。

「お前は、クロウ!」

シロウは素早く、アルバスが憑依する赤髪の男を背中に隠した。俺の狙いをよくわかっているじゃないか。ヒアモリの意識を呼び返すためだ。返してもらう。

「その赤髪の男を置いていけ」

「何回言われたっておんなじだ。お前に渡すわけにはいかない！」

「そうか」

なら仕方ない。力ずくでいかせてもらう。

「ᚢ《ウルズ》」

再度身体強化のルーンを発動し、シロウたちとの距離を一息で詰める。

「くっ、ᚢ《ウルズ》！」

だがその一息の間に、シロウが俺と同じルーンを使い、間に割って入った。邪魔だどけと回し蹴りを放てば同じように蹴りを放ち、俺の行く手を阻む。

「俺だって、強くなったんだ！　負けてばかりじゃ」

「無駄だ」

激突した二つの蹴りは、しかし均衡することなく、勝敗は一瞬で決した。

「ぐあぁぁぁぁっ！」

「シロウ！」

悲鳴を上げて地面を転がっていくシロウを、ナッツが追いかける。

「経験値が違うんだ。お前ごときが俺に敵う道理などない」

具体的にはアルカナス・アビス！　俺がどれだけループして、古代文明人相手にどれほど組み手

を挑んできたと思っている。ただ身体能力を高めるだけのルーンが、魔法抜きで古代文明人と渡り合えるまで昇華された俺の武術に敵うわけがないだろう。

「いや、十分だ。私がカバーに入るまでの時間さえ稼いでくれれば！」

シロウとの攻防はわずかな間だったが、ラーミアが俺と赤髪の間に割って入るには十分な時間でもあった。大きな盾を構えた女騎士が、金色の髪をなびかせて、俺の前に立ちはだかっている。

「クロウ、話し合いで解決することは、できないのか」

もうやめた。言葉の交渉をするつもりは、ない。

「そう、か」

ラーミアは悲しそうに、少し下を向いた。だがすぐに顔を上げて、凛《りん》とした態度で背後にかばう赤髪に声をかける。

「シロウたちと先へ行け。この男は、私が足止めする」

「ああ、ありがとう」

赤髪の男は簡素な礼だけ述べて、回復を終えたシロウたちと一緒に、神殿へ走った。ラーミアはすり足で、重心を乱さないように俺と位置取りを変え、神殿を背後に守るように立ちはだかる。

ラーミアは少し、いぶかしげにした。

「ずいぶんとあっさり通してくれるのだな」

俺の目的はあくまで赤髪の男を、ヒアモリのもとへ無事に送り届けることだ。その過程、つまり、俺のᛊ《ソウェイル》がアルバスを赤髪から追い出すのか、それとも肉体を取り戻したアルバスが赤髪という依り代を捨てるのか、という部分はどちらでもいい。

「構わん。あいつが完全復活したところで俺には勝てん」

ラーミアが眉をひそめる。

「あいつ、だと？」

「アルバス。いや、あるいはこう呼んだ方がなじみ深いか？」

教えてやるよ。虎視眈々《こしたんたん》と再臨を目論む、未練がましい亡霊の正体を。

「古代文明の覇王」

「なん、だと……っ！」

ラーミアが一歩後ずさった。目を大きく見開いたまま凍り付いた表情で、顔色をみるみるうちに悪化させていく。

「ありえない、そんなはずは」

「無知とは罪だな。知らなかったのか？　この神殿が、なんのために建立されたのか」

太古の昔。覇王と英雄の雌雄はこの地で決せられた。戦いの余波はひどく、気の長くなる歳月を経て、いまだ砂漠の大地が続いている。

この意味がわかるか。神殿は覇王アルバスを未来永劫封印するために作られた施設なんだよ。

ラーミアは渋面を浮かべて、俺の話を聞いていた。短く唸り、背後にかばう神殿に意識を割いている。彼女の額に、じわりと汗がにじむ。

「卑怯な。その話を信じるなら、私はいますぐシロウたちを追いかけねばならない」

「勘違いするな」

おもむろにラーミアへと歩み寄ると、ラーミアは警戒しつつ盾を構えた。その盾に、手を当て、均衡点をずらせば、ラーミアが猛《たけ》ろうと力もうと関係なく、その場にひざまずいた。合気、と呼ばれるものである。

「策を弄する必要などないんだ。俺がその気になれば、貴様に足止めなど務まらない」

「ぐぅ、これほど、だというのか。力の差は」

ラーミアは本当に、いいリアクションを取ってくれるなあ。

「……わかった」

意気を消沈させて、ラーミアが言葉をこぼした。

「私は神殿へ向かう」

顔を上げて、ラーミアの力強い視線は俺を射抜いた。

「お前も来い！」

俺の手を取り、彼女は走り出した。いいのか、俺を連れて行って。

「思い返せば、冒険者試験の時にもあの陽光を見た。そして、ナッツの体から怨霊が飛び出していくところも」

陽光というのは、邪悪を祓《はら》うルーン、≪《ソウェイル》のことだろう。ラーミアは「合点がいった。聖域での貴様の行動に」と付け加えた。

「聖域の守り人の彼を覇王が操っている。そう考えれば、いままでの違和感がすべて紐解ける」

来い、とラーミアは俺の手を取り、風属性の魔法で月面を踊るようなステップを魅せ、神殿へと駆ける。

「古代文明の王を蘇らせるわけにはいかない。力を貸せとは言わないが、働いてもらうぞ。かの覇王を封印するために！」

竜巻が町を荒らすように、ラーミアが、侵略者のごとく神殿を踏み荒らしていく。入り口で冒険者証を素早く提示していたが、あれは通行許可証にはなるが侵入の免罪符にはならない。

警笛の音が俺たちを追い越していく。神殿を守る警備員たちが、俺たちの行く手を阻むように立ちはだかる。

ラーミアがくぐもった声を出した。彼女の神髄は、守ることにある。多人数を相手に活路を開くような戦い方は、彼女の得意とするところではない。

「どいてくれ！　我々は、先を急がねばならないんだ！」

ラーミアは真摯に向かい合ったが、先を急ぐ侵略者がいれば守りを固めるのが警備というものだ。彼女の思いに反し、警備員たちはますます堅固な陣を敷く。

地属性の魔法や、水の上位属性である氷魔法。多種多様なバリケードを巡らせ、通路をふさぐ。

（ん？）

閃いてしまった。

（神殿という重要施設を守る警備員。それすなわちエリートのあかし。彼らの張り巡らせる防御網を正面から食い破ることができれば？）

めちゃくちゃ強キャラっぽく映るのでは。どいてろ。

「どいてろ」

先を行くラーミアの前に立ち、ルーンを描く。

「ᚦ《スリサズ》」

淡青色の紋章が化けた青白い稲妻は、幾重にも張られた防壁に、紙をちぎるようにたやすく風穴を空けた。

それだけで、警備員の二割が錯乱し、我先にと持ち場を離れるように逃げ出す。

「クロウ！　もし警備員にいまの一撃が当たっていたら死んでいたぞ！」

「知るか。死なないことを祈るのは、お前の担当だ」

「な、おい！」

「ᛁ《イサ》」

凍結のルーンが四方に冷気を放ち、警備員たちを氷漬けにした。手足も口も動かせなければ、先ほどのように壁を張ることもできないだろう。

「お前の魔法は、威力がおかしい」

カッコいいだろ。

「ああ。味方であればこれほど心強い者はない。先を急ごう」

先を行くアルバスたちの後を追い、神殿地下へと続く道を急ぐ。

「貴様ら、何者だ！」

「こちら八番ゲート！　侵入者の侵攻を止められません！　ひ、ひぃぁぁぁぁっ」

厳重な警備を正面から打ち破るの楽しい！

「チッ、有象無象が。よくこれで覇王封印の地の警備なんざ務まるもんだな」

「気づいていないのか。貴様が異常なんだぞ、クロウ」

知ってる。でもやめられないこのムーブ。楽しい。

ラーミアはあきれることにも疲れた様子で、八番ゲートと呼ばれた扉をくぐった。こういう時率先して危険がないか確認するとこ、騎士の鑑《かがみ》だなって感心する。

先に入ったラーミアは深刻な場面に遭遇した様子で、低い声をこぼした。

「どうやら、貴様の言葉を信じた判断は正しかったらしいな」

そこから先は、岩盤をくりぬいたような通路が続いていた。肌を刺すようなまがまがしい空気が充満し、前を見ればラーミアがぴりぴりした様子なのがわかる。

その時、洞窟の少し先で、がさがさと足音を立てて何かが動いた。

「ん……、おい、シロウか？　私だ、ラーミアだ。そこにいるのか？」

「え、ラーミア？　ラーミアなのか？」

岩陰からひそひそ話が聞こえた。声を潜めているが、聴力には自信がある。普通に聞き取れてしまった。赤髪が「罠だ」とシロウを引き留めるが、シロウは聞かずに岩陰から飛び出した。

飛び出してきたシロウの目が、目じりを引き裂かんばかりに力強く見開かれる。

「お前は、クロウ！　ラーミア、どうしてそいつと一緒に！」

「聞いてくれ、シロウ！　我々が道中をともにした墓守の彼は、恐ろしい亡霊に操られているんだ！」

「ラーミア？　何言ってんだよ……」

シロウが瞳孔を緊縮させると、岩陰から、彼の後を追うようにもう一人、男が続けて飛び出してきた。緋色の髪を揺らす男は、良く響く声で宣言した。

「少年！　彼女はきっと、あの男に洗脳されているんだ！」

「え、洗脳？」

「思想をゆがめられ、善悪の判断を捻じ曲げられているということだ！」

「な、なんだって！」

シロウが苦し気にラーミアを見た。ラーミアは眉根を寄せ、歯噛みして反論した。

「ち、違う！　シロウ、話を聞いてくれ！　私は洗脳などされていない！」

だが、シロウが言葉を返す前に赤髪が割り込んで二人に言葉を交わさせない。

「騙されるな少年！　洗脳された者と酔っぱらいは、みな自分は正常だと主張するんだ！」

「私を酔っぱらいと同じにするな！」

ラーミア、ラーミア、突っ込むところそこじゃない。アルバスも小ボケを挟むな、大事なシーンで。

「シロウ、信じてくれ……っ！」

「少年、君が知る高貴な彼女は、宿敵と行動を共にするような人間じゃなかったはずだ！」

ラーミアと、アルバス。信じてきた仲間から異なる主張を受けて、シロウは混乱の真っただ中にいるようだった。

「迷うな少年！　彼女を救えるのは君だけだ！　君は、正義だ！」

その一言でハッとして、シロウの目に覚悟が宿った。右手を前に突き出し、いつでも魔法を使えるように構える。

「シロウッ！　私は――」

ラーミアが名前を呼んだ。シロウは苦痛に表情をゆがめた。

「ナッツ、ここは俺が足止めする。墓守さんをつれて先に行ってくれ！」

「で、でも」

「いいから、行け！」

ナッツはもう一度逡巡したが、シロウが「急げ！」と声を荒げたので、赤髪の男とともに奥へと駆けて行った。俺の目には走り去る彼女の目にこらえられた涙も、悲しそうな顔も見えていたのだが、彼女らを背にかばうシロウは気づかなかったみたいだった。

「愚かな」

「なんだと」

シロウがキッと俺をにらむ。

「忠告したはずだ。正義を守ることは正義ではない」

「知るか。洗脳する悪者が、正義を語るんじゃねえ！」

青いな、シロウ。本来であれば、お前は最終決戦に挑むまでに様々な冒険を経て、何が正しいことで何が間違っていることなのか、自分で判断できるように成長していたはずだ。

それを、アルバスの口車に乗せられ、自らは刻苦せず、ルーンを集めて強くなった気でいるから、正義を免罪符に好き勝手してしまっているんだ。

「いまのお前は見るに堪えない」

そんなもんじゃないだろう。俺が知るお前は、もっと強かった。乗り越えた艱難辛苦《かんなんしんく》がお前に不足しているというのなら、成長の機会が足りていないというのなら。

「せめてこの手で、終わらせてやろう」

貴様の前に立ちはだかろう、俺が、絶対的な壁として。

何故って、もとよりそれが、俺の望みだ。

「やってみろ！」

シロウが叫んだ。指先を淡く灯し、虚空に紋章を描く。

「俺はさらにたくさんのルーンを学んだんだ！　これまでと同じと思うな！」

闘気を瞳に宿したシロウが、魔力を走らせたルーンを叫ぶ。

「ᚷᚱᚢᚲ《グラック》」

それが意味するところは、風と炎の結合魔法。周囲の大気を巻き込んで、火災旋風のごとき爆炎が迫りくる。

なるほど、と思った。魔法の発動速度は申し分ない。だが、

「ᚨ《アンサズ》」

ルーン魔法は文字数が増えれば増えるほど制御が難しくなる。そんな魔法、相手に制御権を奪ってくれと言っているようなものだ。

「なっ！」

はじき返した火災旋風に対し、シロウは三つのルーンで抗戦した。すなわち水を意味するᛚ《ラグズ》、凍結を意味するᛁ《イサ》、抱擁を意味するᛒ《ベルカナ》だ。

自らが起こした魔法同士の衝撃波で、シロウが弾かれるように飛び跳ねた。

「まだだ！」

あの手この手でシロウが繰り出すルーン。豊富なバリエーションで攻め立てるそのすべてを、しかし俺はたった一種類のルーンで押し返す。ᚨ《アンサズ》。魔法の制御権を奪うルーンだ。

「くっ、シロウ！　よく聞いてくれ！　我々はこんなことをしている場合ではないのだ！」

「わかってる、ラーミア。お前は、絶対に助けてみせる！　俺が、この手で！」

「違う！　そうではない、そうではないのだ！」

シロウの戦略は広がった。シロウが操れる文字を十五種類程度と見積もっても、四文字の組み合わせのパターンは千通りを超える。ついこの間まで、ᚲ《ケナズ》しか使えなかったあいつが、攻撃パターンを千倍以上に増やしたのだ。本当はそれもすごいことなのだが、不思議と脅威に感じはしなかった。

千だろうと万だろうと、好きに使え。その一つでも、ᚨ《アンサズ》の壁を超えられるならな。

「くそ！　なんでだよ！」

泣き出しそうになって、シロウが叫ぶ。

「俺は正義のために戦ってるのに、どうして、こんなやつにも、勝てないんだ！」

それが答えだ。

「シロウ……」

俺とシロウの、魔法の攻防。その間に、一人の女騎士が割って入る。ラーミアだ。

「ラーミア、そこをどいてくれ！」

「どかない」

「ラーミアは大事な仲間だ！　傷つけたくない！」

「シロウ」

ラーミアは一歩ずつ、シロウににじり寄った。ラーミアの気迫に押され、シロウはじりじりと後ずさっていく。すぐに壁際に追い込まれ、もう後がなくなって、一歩の距離までラーミアに詰められる。

「思い出せ。お前のルーンは、正義を守るためのものだったか」

そうだ、と言いかけた口を遮って、ラーミアが続ける。

「違うはずだ。お前は言っていただろう。『俺のルーンは、人を守るための力だ』と」

その一言が、シロウを金縛りにした。身じろぎも、呼吸も、瞬きさえも奪い去った。彫像のように動かないシロウに、ラーミアは続ける。

「私は思うのだ。人が正義を守るのではない。正義が人を守るのだ、と」

呼吸を一つ置いて、ラーミアが「聞いてくれ」とシロウに訴えかける。

「いま、人々を恐怖のどん底に突き落とす、忌まわしき者が蘇ろうとしている。私が守りたいのは、いまを生きる人だ。自分のプライドなんかじゃない」

「ラー、ミア……」

「力を貸してくれ、シロウ。私にはお前が、必要だ」


とどめを刺すのは後にしておいてやるか。取り返しがつかなくなる寸前で引き留めてくれたラーミアに、シロウはもっと感謝すべき。

「きゃあぁぁぁぁぁぁっ！」

洞窟の奥から悲鳴が響いた。

「いまの声は、ナッツ！」

ラーミアが風属性の魔法を発動させ、洞窟の奥へと駆けていく。シロウが慌ててその背中を追いかけて、思い出したように足を止め、振り返った。すごく嫌そうな顔で俺に頭を下げた。そんなに嫌ならしなくていいよ。子どもだなぁ。

「待ってくれ、ラーミア！」

シロウは再び走り出した。先を行く彼女の後を追って。

俺も歩いて向かった。ゴールは比較的すぐ近くにあった。タンジェントカーブを描く道を抜けると開放的な空間が広がっていて、その中心には台座と、見覚えのあるオブジェがあった。聖域でも見かけた、石棺である。

その石棺に、赤髪の男がぐったりとした様子でもたれかかっている。

「シロウ、ラーミア！」

「無事かナッツ！　何があった！」

「わかんない、わかんないよ。あの棺に墓守さんが近づいた瞬間、刻まれていた文字がまがまがしい光を放って、墓守さんは気を失って――」

洞窟に響いたのは、錠を外すような音だった。建て付けの悪い戸を開くように耳障りな音が空気を震わせ、おもむろに棺が、ひとりでに開き始める。

少し開いた口から、指が出てきた。干からびたミイラのような指だ。

その手が蓋を押し開けて、棺に眠る者がゆっくりと姿を現した。

「ぐっ、この瘴気《しょうき》は！」

ラーミアが苦悶の表情を浮かべ、暴風に立ち向かうように姿勢を前のめりにした。足裏の母指球で大地を掴み、やっとの思いでそこに立っている。

棺から姿を現した男は、自分の手を見て、鼻で笑い、自らの体を淡い光で覆った。いまにも砕けそうだった乾燥した手足が徐々に潤いを取り戻し、落ちくぼんでいた肉がゆっくりと戻っていく。

「永い、永い夢を見ていた気分だ」

ぶくぶくと煮立つような再生を見せる。気味が悪く、吐き気を催す。

「劣等種が築いたこの文明を滅ぼし、再びボクが歴史の頂点に君臨する日を、どれほど長く、夢見ただろう。だがそんな日々も、終わりを迎える」

蘇りし者の名はアルバス。太古の昔、英雄に封印された、世界を混沌《こんとん》に陥れた覇王。

（時間かけて考えた掴みがそれかぁ）

突っ込むのはやめておこう。

「大地よ」

手のひらを地にかざし、アルバスは短く唱えた。それと同時に、地面が激しく揺らいだ。天井から石くれがまばらに降り注いだ。大地が隆起し、この地下空間がどんどん位置エネルギーを増していく。

「くっ、シロウ、ナッツ！　一所に寄るんだ！　押しつぶされるぞ！　私の盾の下に、早く！」

せりあがる地面に、迫りくる天井。ラーミアが二人に呼びかけ、二人も呼応しラーミアのもとへ駆ける。

「クロウ！　貴様も来い！」

「不要だ」

自らの身は自分で守れる。お前たちとは違ってな。

「──《イサ》」

俺を基準に相対で少し上方のZ座標に、時間を固定した平面を生み出した。光子すら拒む黒い窓は、絶対不壊の盾。空間を押し込めた盾だ。迫りくる天井を押し分けて、地表目指して進んでいく。

神殿が崩壊する。警備員の悲鳴が聞こえる。破れた天井から、沈みかけの夕日の輝く空が、俺たちを真っ赤に染めている。

「そんな、さっきまでわたしたち、地下空間にいたはずじゃ！」

「いつのまに屋外に」

ぱちんと、指弾が鳴った。動作主は、ようやく本来の肉体を取り戻したアルバスだ。魚が水を得たように、生き生きとした様子でアルバスが天へと手をかざした。

「町が、がれきの海に……これが、覇王の力」

ラーミアが驚嘆の声をこぼした。

許せない、アルバスめ。ラーミアを恐れおののかせるのは俺の特権だったのに。

「醜いゴミの山だ。散らしてくれる。――火よ」

小さな太陽が現れた。沈みかける夕日に成り代わるように、真っ赤な火輪《かりん》が天心に座す。

「弾けろ」

かざした手をアルバスが握りつぶした。空に輝く小さな日輪が形を崩し、プロミネンスが火砕流のごとく降り注ぐ。

「うわぁあぁあぁあっ！　ᛚ《ラグズ》！」

シロウが天に向かって指を振り、水の柱を呼び出した。だが、焼け石に水だ。相性の有利不利で覆せない圧倒的な実力差が、アルバスとシロウの間にはあった。

「ぐっ。クロウ、お前も手伝ってくれ！」

「断る。自分で蒔《ま》いた火種だ。貴様で何とかしろ」

「ぐぬぬっ！　くそ！　言い返せねぇッ！」

そもそも、お前が立ちはだからなければアルバスが蘇ることもなかったんだからな。貴様の罪は貴様が贖《あがな》え。

「そうだ！　お前！　そういえば俺が来る前からこの町にいただろ！　止められたのに止めなかっただろ！」

「ああ。俺は、お前と違って片を付けられるからな」

「だったら、一緒に」

ᚢ《ウルズ》のルーンを発動し、アルバスへと肉薄する。

「ぐっ、魔法使いが肉弾戦かい？　これだから野蛮な劣等種は」

その劣等種にことごとく敗北を喫している王は、どこの誰だよ。

「殺す。水よ！」

「ᛚ《ラグズ》」

アルバスが生み出した水球に、激流をもって応えた。迸《ほとばし》る二つの水は俺たちの二等分線上で激突し、荒々しい飛沫《しぶき》を上げて相殺し合った。

「風よ！」

「ᚱ《ライド》」

巻き上がる途中の飛沫を引き裂くように、不可視の刃同士が切り合った。風の刃だ。俺とアルバス、互いが呼び起こした嵐が、剣舞のごとくぶつかり合う。

「くっはは！　君の弱点をボクが忘れたとでも？」

暴風の勢いを利用して、アルバスがふわりと舞い上がった。風属性魔法の応用だ。

「クロウ。君の魔法は射程が短い。こうやって距離を空けてしまえば――」

「ᛁ《イサ》」

いつまでもその弱点を残したままのわけがないだろう。

ᛁ《イサ》の効果は時空に波及する。相対性理論が崩壊した世界では、魔法の射程距離という概念は成立しない。

たった一文字【落】の文字をアルバスに当てたのち、ᛁ《イサ》を解除。時間の流れを取り戻したアルバスが、文字魔法の影響を受け落下を開始する。

「堕《お》ちろ」

素早く立ち上がったアルバスが口元をぬぐうしぐさを取ると、やつの手の甲に赤い血が走った。口を切ったようで、端から血がにじんでいる。

「す、すげぇ……」

「圧倒的実力者であることは知っていたつもりだったが、これほどまでなのか……？　古代文明の覇王が、まるで子ども扱いだ」

シロウとラーミアが、額に汗を浮かべて硬直している。ナッツは黄色い歓声を上げていた。大丈夫か、あいつ。

ナッツのことは一度頭の隅に追いやって、相対しているアルバスときちんと向き合う。指先をくいくいと曲げ、掛かって来いと挑発する。

尻尾を巻いて逃げてもいいけどな。地に這いずる貴様とそれを見下す俺が、完了した格付けだと認めるなら。

「くっはは。ああ、おかしいな。ボク本来の肉体を手に入れれば、勝てると思ったんだけどなぁ」

考えが浅はかだったな。貴様が敵う相手じゃないんだ、俺は。

「悔しくて、悔しくて、仕方がないから、ちょっとずるをしようかな」

アルバスは手をかざすと、不敵に笑った。

体のばねを使い、着地の衝撃を逃がして舞い降りる俺に、アルバスはおもむろに手をかざす。

「エーテル」

やつが言い終わるや否や、俺たちを取り巻くように淡くきらめく粒子が大気ににじんだ。

(搦《から》め手《て》？　毒か？)

口元を覆い隠そうとすると、アルバスが俺の考えを否定する。

「安心しなよ、ただの魔力さ。吸ったところで体に害はない、でもね！」

手のひらをかざし、アルバスが属性名を宣告する。

「火よ！」

アルバスがかざした手のひらから、炎がらせんを描いて迫りくる。

炎の威力が増した？　魔法威力を向上させる支援魔法か。

「変わったのはボクの魔法の威力だけじゃないぞ！」

高らかに笑いながら宣言するアルバスの言葉を話半分に聞き流しながら、魔力の光を灯した指先で、虚空にルーンの軌跡をなぞる。

なぞりながら、気づいた。

後悔を置き去りにして、その場を横に飛びのいた。アルバスの爆炎が腕をかすめ、皮膚を焼き、肉をただれさせる。

(な――っ)

今度は治癒の意味でᛚ《ラグズ》の紋章をなぞる。しかしルーン魔法は発動しない。

「気づいたかい？　クロウ。君たちの魔法は、魔力で虚空に紋章を描き、それを現出させる。それならあらかじめ、大気中に過剰な魔力を充満させておけば？」

墨汁で真っ黒にした半紙に文字を書けないのと同じだ。文字が書けなければ、ルーン魔法は事象を具現化してくれない。

「ここからはボクの独擅場《どくせんじょう》だ！　踊れよクロウ！　喜劇の道化師としてね！」

「チィッ」

押し寄せるさざ波のように波状で迫るアルバスの魔法をかいくぐり、魔力の霧の外へと駆ける。

「無駄だよクロウ！　この霧は君がどこへ逃げようと追いかける！」

風属性の魔法を見逃して、鋭い裂傷が真っ赤な血潮を晒させた。

(まずいまずいまずい！)

調子に乗った！　まさかこんな奥の手を持っているなんて思ってなかった！

（やばいやばいやばい。どうにか現状を打破しなければ）

でもいったいどうやって。

そうだ、血文字魔法だ。血を使った文字魔法なら、大気中の魔力でかき消されることもない。

「血を使った文字など使わせるものか！　水よ！」

（こいつ……！）

書きかけた血文字が水に溶け、洗い流されてしまう。

「どうしたクロウ！　ルーンが使えなければこんなものか！」

まずいまずいまずい。

どうにかしてこの状況を打破しないと――

大きな影が、俺を覆い隠した。

「ギュラリュルゥゥゥゥウウアアアッ！」

咆哮とともに降り立ったのは、白銀の翼竜。彼の翼が、超濃度の魔力がにじんだ大気を押し流していく。

（海神様？　どうしてここに）

いや、違う。神の名を冠するこの深海の守護者は、太古の大戦を経験した個体だ。アルバスの肉体がこの地に封印されていることも知っていたんだ。

だから、気にするべきは「どうして」ではなく「何故」の観点だろう。そこに考えを巡らせようとしたとき、答えは、頭上から飛び降りてきた。

「師匠っ！」

翼竜の首から、青い髪を揺らしてササリスが降ってきた。俺の頭上に。だからとっさに、避けた。

「なんで避けるの！」

避けるだろ、常識的に考えて。

「あたしがなんのためにここに来たと思ってるの！　ピンチに駆けつけるヒロインごっこができるって聞いたからだよ？」

誰に聞いたんだよそれ。

海神様がぷいと顔をそらした。お前か。いや、お前らどうやって意思疎通したんだよ。謎だ。

でもま、助かったよ。

「なんでため息？」

「自分の胸に聞いてみろ」

「愛してる」

そういうところだぞ。


「千載一遇の好機を逃したな、アルバス」

じわじわといたぶろうとするからだぞ。お前の悪い癖だ。決着を急げばよかったものを。

「いきがりを。君の底は見切った。君がボクに敵う道理はもはやどこにもないね」

「舐《な》めるな」

お前は俺に勝てねえよ。

肉体を取り戻し、全盛期の力を取り戻したところで、史上最強の力を前に古代の力など通用しないと知れ。

「エーテル！」

その魔法の攻略法はもう見切った。

「《ウィルド》」

いくら大気を魔力で満たしても、空白の紋章を防ぐことは不可能だ。そして思い知るがいい。あらゆる紋章に千変万化するワイルドカード的ルーンの真価を。

「が……っ！　クロウ、貴様、何故」

ᚢ《ウルズ》で身体能力を強化し、アルバスへ肉迫。ゼロ距離まで詰め寄り、アルバスに触れて描いた文字は【灰化】。やつに接触している肩から対組織が死滅し、ぼろぼろと崩れていく。

アルバスはためらいなく肩から先を切除すると、回復魔法で無理やり肉体を復元した。ダメージは回復されたらしいが、刻まれた苦痛の記憶までは拭いされていないらしい。表情を苦悶に歪ませ、怒気を込めた声で俺を詰る。

「何故何も書かず、しかもこの霧の中でルーン魔法を扱える」

一つ、教えてやる。《ウィルド》モードがルーン魔法である以上、筆記可能な範囲はルーン魔法の射程距離に限定される。つまり、通常時であれば半径十メートル以内の任意地点にルーン文字を描き出せるわけだ。

「霧を広範囲に展開したのは正解だよ」

安全マージンを取って魔力を充満させられているせいで、俺の周囲にルーン文字を展開できる余白は無かった。

だけど、それは俺の外側に限定したときの話だ。

あったんだよ、文字魔法を展開するスペースが、俺を中心とした半径十メートル以内に。

「クロウ！　お前、まさか！」

アルバスと俺の視線が交錯した。やつの目が、はち切れんばかりに強く見開かれる。

ようやく、気づいたか。

「眼球の内側に、紋章を――」

「大気中を魔力で満たせても、俺の硝子体《しょうしたい》までは満たせなかったみたいだな」

騙したんだよ、俺の認識そのものを、視床下部に映る世界にルーンの紋章を割り込ませて。

「術者以外に視認不可能のルーン魔法だと？　ふざけるな……そんなの、でたらめだ！」

だからこその俺だ。

俺以外の人間には、どこにあるかもわからないルーンの紋章。発動する寸前まで予備動作がない、無音無動作の必殺技。

水晶体に描いた紋章はᚦ《スリサズ》。大気に轟《とどろ》く稲光。

「その身に刻め――」

何人たりとも追いつけない領域で、さらに進化を続ける存在があることを。

「覇王の教義《ダークヒーローズ・ドグマ》」

神罰のごとく弾けた紫電が、アルバスの体を貫いた。

【太古盛衰：覇王VS覇王】

仕留めた。確かな手ごたえがあった。ようやく終止符を打ったんだ、長きにわたるこの戦いに。

ところでササリス。お前、ヒアモリをどうした。

「連れてきたよ！」

言われるまで見落としていたが、ササリスが飛び降りると再度上空へと飛翔《ひしょう》した海神様の背中に、小柄な少女がまたがっている。ヒアモリだった。

お前なあ。こんな傷心の少女を戦線へ駆り出す鬼畜生がどこにいるんだよ、ったく。

手間が省けたと考えるか。確か祭壇付近にヒアモリの父は倒れていたはず。たぶん、アルバスの憑依が解除されたからだろう。これにてミッションコンプリートだな。

「ふざ、けるな。ふざけるなよ、クロウ！」

岩山を爆薬で掘削するような音が響き、浜辺で眺める花火のような衝撃波が押し寄せた。

「驚いたな。大した生命力だ」

平然を装っているが、少々まずい。

（こっちは　モード《ウィルド》切れちゃったよ！）

先払いで消費した魔力が回復するまで、俺の魔法は発動できない。いまアルバスに攻撃の主導権を握られれば、俺に抗うすべはない。

「ボクを誰だと心得る。こんなとこで終わる凡夫どもとは違うんだよ」

D《スリサズ》による雷撃が落ちた地点に巻き上がった砂塵《さじん》の切れ間から、人影が姿を現す。アルバスだ。よくよく見れば、すでに満身創痍《そうい》であることが窺《うかが》えた。

「往生際が悪いな。立つのもやっとの貴様が、俺に勝てるとでも？　身の程を知れ」

頼む、引いてくれ。野生《ウィルド》の反動でいまは魔法が使えないんだ。

「確かに、勝てないだろうね、いまのままのボクなら」

よしよし。賢いやつは嫌いじゃないぞ。また今度、改めて葬り去ってやるよ。いまはどこへでも好きに遁走《とんそう》すればいい。

「けど、『不退転こそ、俺たちが唯一共有した覇道』だったっけ？　ボクも引くわけにはいかないんだよ」

アルバスは魔力を振り絞り、先ほどもみた小さな太陽を俺たちの頭上にかざす。とっくに暮れ落ちた太陽に成り代わり、旭光《きょっこう》が荒廃した砂漠に降り注ぐ。

くそ、誰だよアルバスの覇王としての自覚を揺り起こすきっかけを与えたやつ！　俺だよ！　チクショウ！

「ササリス、止められるか？」

「ええ……あれを？　うーん、どうかな」

うわ、ササリスがちょっと弱気になってる。くっ、さすがに肉体を取り戻した古代文明の覇王は伊達《だて》じゃないってか。

「師匠がぎゅってしてくれたらできるかも」

できるんじゃねえか！　こいつ！　やれよ、いいから！

「えへへー、ぎゅってしてくれるだけであの憎きアルバスに一泡吹かせられるよー。お得だよー」

嫌だ！

「シロウ！」

ぼけっとしてるんじゃねえぞ原作主人公！

「ᚠ《フェフ》だ！　俺に魔力をよこせ、早く！」

あんだけたくさんのルーンを扱ってたんだ！　そのルーンも覚えてるだろ！　死にたくなければ俺に魔力を譲りな！

ぐぬぬ、こいつ！

「どういう風の吹き回しだ、さっきは協力してくれなかったくせに」

さっきは最悪俺のところに火の手が迫ろうと対処できる状況だったからだよ！　いまは違う。ルーン魔法が封印されている。さっきのプロミネンスで狙い撃ちされたら確実に死ぬ！

くそ、どいつもこいつも！

「えへへ、振られちゃったね師匠。どうする？」

ササリスが両手を広げて満面の笑みを浮かべている。

くっ、前門の旭光、後門の深淵《しんえん》。行くも地獄引くも地獄だぞ。いったい、どうすれば――。

（ん？）

すでに魔力がほとんど回復している。

（そうか、アルバスが充満させていた魔力の霧だ。超高濃度の魔力が、魔力を消費した魔核を通常の何倍もの速度で回復させているんだ）

ぬかったな、アルバス。ルーン魔法を封じるために弄した策で、俺の文字魔法を復活させちまったみたいだぜ？

（行ける）

何かをせき止めていた栓が抜かれた感覚。ルーン魔法が使えない縛りから解放されたと直感的に理解した。

「【宇】」

空間をつかさどる文字で、ルーン魔法の発動距離制限を取っ払う。歪曲した空間が青く染まり、やがて光の波長が可視光の範囲を超え、目に映らなくなる。

「ᛚ《ラグズ》」

手のひら大の水球が、アルバスの呼び出した小さな太陽を丸呑みして、肌を焼く灼熱は消滅した。

ふっ、見せつけちゃったな、格の違い。ここ一番のピンチで繰り出したアルバスの魔法、すなわち彼が最も頼りにしている得意技。それをあっさり蹴散らした俺という実力者が浮き彫りになってしまう。

「いいのかいクロウ上ばかり見ていて！　大地よ」

吠えたアルバスの方を向けば、手のひら大の岩の礫《つぶて》を無数に浮揚させていて、それを一斉に放出した。頭上の恒星もどきはおとりだったってわけか。こざかしい真似してくれるが、その程度の攻撃が俺に届くかよ。

アルバス。お前が操っている周辺の岩石には、先ほど俺が撃ち落としたᚦ《スリサズ》によって電子に偏りができている。岩石同士を結ぶ線分上に電位差が生じ、電気の経路が用意されている。

「ᚦ《スリサズ》」

だから再度雷を放てば、それはアルバスが生み出した岩石を連続的に打ち砕き、最後にアルバスへと向かった。

今度こそ終わりだ。

「あはァ」

アルバスの口角が、三日月の弧を描いた。

悪寒が背筋を駆け抜ける。

(なんだ、アルバスは何を狙っている)

光速に迫るᚦ《スリサズ》の一撃は、一瞬の後に敵を討っているだろう。もはやここから反撃の目など、まして逆転の可能性などありえない。決したはずだ、戦いの勝敗は、いまこの瞬間に。

だのに、だというのに、どうしてだろう。嫌な予感がした。重大な何かを見落としている気がした。

その見落としに気づいたのは、電撃が男を打ち抜いた後だった。

「ぐ、ガぶぁ……ッ」

アルバスではない。アルバスを狙って放った雷撃を、何者かがかばったのだ。

シロウではない。ラーミアでもナッツでもない。彼らもまた、俺同様に唖然《あぜん》としている。

なら、身を挺《てい》してアルバスを守ったのは誰なのか。

「お、父さん」

アルバスを守った男の髪は、緋色に揺れていた。

頭上にいる海神様の背中から、か細い、少女の声がこぼれ落ちる。

「お父さんに、酷いことをしないでぇぇぇぇ！」

俺たちの頭上に阿弥陀仏《あみだぶつ》の光背に似たハイロゥが瞬いて、世界を破壊する裁きの礫のごとく、夜の闇を引き裂いた。


まず最初に被害を受けたのは、ヒアモリを背に乗せていた翼竜、海神様だ。

一撃一撃が痛烈な爆撃だ。その連撃を一身に受け、海神様の鱗《うろこ》に似た堅牢《けんろう》な羽毛ですら穿ち貫かれる。ロウで固めた鳥の羽を失ったイカロスのように、その身はあっけなく大地へ落ちていく。

(まずい)

海神様は落下した程度で死にはしないだろうが、問題はヒアモリだ。彼女の体の頑丈度は普通の少女と変わりない。むしろ平均を下回る水準で虚弱の可能性まである。そんな彼女があの高さから落下したら、間違いなく死ねる。

「ササリス！」

「わかってる！」

とっさに、落下地点へと急いだ。だが、横殴りの雨のように叩きつける光線の中をᛁ《イサ》で身を守りながら進もうとすると、遅々として一向に先へと進めない。

「師匠、防御お願い！」

ササリスが伸ばした糸が、ヒアモリの胴に巻き付き、こちらに招いた。

糸は瞬く間に光で引きちぎられたが、その体にはすでに慣性が働いた。小さな体は慣性に従い、自由落下と俺たち方向への等速運動の複合ベクトルで、弧を描いて運動している。

ヒアモリとの距離が近づくと、光の輪から打ち出される光線が苛烈を増した。最小で展開したᛁ《イサ》の防壁では足らず、展開面積を広げざるを得なかった。視界が停止した時間で埋め尽くされて、真っ黒に染まる。

その、扁平に展開した時空停止フィールドの端へと視線を移すと、ササリスの糸が遠くの建造物に向かって伸びている。アルバスが地下空間を地上に押し上げた際に、隆起した地面とともに標高が急上昇した、両サイドにある砂漠の町の家屋だ。

砂岩レンガの格子に沿って回された糸が、その家屋を起点に引き返す。糸の先が狙うのはヒアモリだ。右と左、二方向から伸びた糸は彼女の胴体に巻き付いて、重力と反対方向へと彼女の体を引っ張り上げようとしている。

弦の張る音が響いた。無事に、ヒアモリの胴体を引っ張り上げることに成功したらしい。

「止まった？」

光を一切通過させない暗闇の板に叩きつける光の雨が降りやんだ。ᛁ《イサ》を解除し、視界を邪魔する凍結時空を取り払う。

そこに、悪魔のような天使がいた。

「死んじゃえ」

その天使は般若《はんにゃ》のごとき表情で、ぶつぶつと呪詛《じゅそ》を繰り返していた。

「全部、滅んじゃえばいい、こんな世界なんて」

日が暮れ落ちたはずの砂漠の町が、昼間のように煌々と照らされていた。それを成すのは、空に揺蕩《たゆた》う天使が背負った、太陽を彷彿《ほうふつ》させる光の輪。

それが滑車のようにくるくると回り出し、徐々にその回転数は加速度的に増していく。

「ヒアモリ！」

一縷の可能性に懸けて少女の理性に呼びかける。だが、俺の声は彼女に届かなかった。

引き金は、少女の悲痛な叫びだった。

「みんな、いなくなっちゃえ！」

旋回する光の輪から光芒《こうぼう》が打ち出され、円運動で、無差別に降り注いだ。少女は笑っていた。残虐を心から楽しむ笑顔にも見えた。悲しみを振り払うための空笑いにも見えた。

苦楽がない交ぜになった笑い声とともに降り注ぐ光の筋を、ᛁ《イサ》で作った簡易シェルターでしのぐ。

「くっ」

「師匠、師匠！　あれ！」

ヒアモリに気を取られていた俺は気づくのに遅れた。ササリスが最初に気づいた。すでに打ちのめしたはずのアルバスの体が深紅の蒸気を上げている。傷ついた体が、見る見るうちに回復していく。

「くっはは。ようやくだ。これで、ボクの最後の封印は解かれた」

最後、だと？　どういうことだ。

禁門、火山、そして砂漠。俺の知るアルバスの封印はすでに、すべて解かれているはずだ。現にアルバスはすでに実体化していて、その力もすべて取り戻している。

（まさか）

それとも、最後の封印を残したうえで、先ほどまでの強大な魔法を操っていたというのか？

「あっははは！　いいざまだなぁ、深海の守護者よ。翼をもがれ、地に堕ちた気分はどうだ」

海神様だ。海神様自身が、アルバス封印の最後の鍵だったのだ。

「しかし」

引き続き、天体運動のごとく降り注ぐ光の流星群を眺め、アルバスはつぶやいた。

「やはりすさまじい力だな。そのうえ精神状態も、おあつらえ向きときた。ボクの目論見通りにね」

その一言で、すべてがわかった。やつが何をしようとしているか。

（ヒアモリに精神干渉するつもりか！）

ササリスが解き明かした、アルバスが他人を操るための条件。それは『悪魔に魂を売ってもいい』と思っていること。傷心し、世界を憎むヒアモリは格好の獲物だ。

「アルバスゥゥゥ！」

　とっさに、【宇】の文字とᚦ《スリサズ》の合わせ技で、歪曲した空間に雷を飛ばした。雷鳴を轟かせ、紫電が古代文明の王へと肉薄する。

「あっははは！　そんなちんけな魔法がボクに通じるものか！　大地よ！」

　空間の歪曲など関係ない。隆起した大地が稲妻を受け止め、電位を受け流す。

「大人しく寝てなクロウ！　すべての力を取り戻したいま、もはや君はボクの敵じゃない。あの力を支配したあとに、じっくりと君を殺してあげるよ！　あはははは！」

　アルバスの足元で、ぐったり、横たわっていた赤髪の男、ヒアモリの父の輪郭がにじんだ。その体から、おぼろげな靄《もや》があふれ出す。それがなんなのか、直感で理解した。

　アルバスの霊魂だ。

　肉体を取り戻してからも、やつはずっと、ヒアモリの父親に精神を寄生させていたんだ。そして、俺の攻撃を防がせた。すべては、ヒアモリを激昂《げきこう》させるために。

　海神様に乗ってやってきたとき、これ幸いと思ったのだろう。父親が負傷するさまをまざまざと見せつけ、ヒアモリの魔法の引き金を引いた。

「させるかよッ！」

　これ以上やつの思い通りにはさせない。消耗は激しいが、ᛁ《イサ》で時空を止めてでも間に割って入ろうとした。だが、

「——」

冷たく、硬い声が、胃の底を震わせた。俺は最初、それが誰の声なのか理解できなかった。何を意味する言葉なのかも理解できなかった。

思考が一瞬だけ停止して、指先も凍り付いた。

苦悶の声を漏らし、苦痛に表情をゆがめるアルバスと、蛇がにらむように蔑視を向けるヒアモリを見て、ようやく、それが誰の声なのかわかった。

「――――」

彼女自身だ。

首から上だけアルバスの方を向いて、光の輪が回転運動を止めた。裁きの礫のように降り注ぐ光の雨も降りやんだ。

上半身、足先と、少女はアルバスに向き直り、おもむろに歩み出す。

アルバスは舌打ちしてヒアモリをにらみ返した。

「しくったか。ならもういい。ボクの思い通りにならないコマは邪魔なんだよ」

アルバスが手のひらをかざし、魔力を以《もっ》て因果律へ干渉し、魔法を行使する。

「火よ」

顕現しかけた小さな恒星を、しかし形を成す前にヒアモリの光の筋は核を貫き、消滅させる。

「……ッ、水よ！」

ヒアモリに向かって放たれたのは、蛇のようにとぐろを巻く水の渦。だがそれすらも、ヒアモリの足を止めるには至らない。幾条もの光の束は、アルバスが生み出す魔法のことごとくを無に帰していく。

「風よ！」

不可視の刃だろうと、少女には届かない。迫りくる脅威を無我が自動迎撃する。

「ふざけるな、ふざけるなよ、どいつもこいつも劣等種の分際で！　大地よ！」

ヒアモリの背で滑車のように回る光が、楔のごとく地面に打ち付けられる。大地の隆起は、たったそれだけで封じられ、初動を防がれた。

「――」

淡々と告げる少女の瞳には、大粒の涙がこらえられている。

「――死んで」


攻守は逆転した。光の礫は苛烈さを増した。周囲一帯を巻き込んで、この地を跡形もなく葬り去ろうとしている。中でも一番多くの矛先を向けられたのは古代文明の王、アルバスだ。

「その程度でボクを殺せるかよ！」

矢継ぎ早に魔法で防御壁を築き、降り注ぐ光の筋を防ぎながら、アルバスは猛る。

「ボクが知る君は、いまよりはるかに手ごわかったぞ！」

口調が荒くなるアルバスとは対照的に、ヒアモリは冬の湖面のように、冷たく静かだ。後光も相まって、いっそ神聖な印象さえ受ける。

だが、苛烈を極める攻撃が、一切の気の緩みを許さない光線の嵐が、彼女の心の激昂ぶりを強く表している。

その光の嵐が、一層勢いを増した。

「ようやく、本気の一端を垣間見せたね。でも、いいのかい、そんな手荒な真似をして」

絶え間なく襲い掛かる、アルバス一点狙いの連撃を、高度な魔法で受け止め、受け流し、アルバスは笑顔を見せていた。

「それとも器を崩壊させるかい？　太古の昔にそうしたように」

ぴたり、と光の嵐が凪《な》いだ。

光輪を背負うヒアモリが、冷淡な瞳で黙して直立不動を貫いている。

「太古の昔……？」

「なんだクロウ。そんなことも知らなかったのか？　勉強不足だな」

アルバスは顎を上げてふんぞり返り、高説を始めた。

「文明を新旧に二分した太古の戦争にさかのぼる。おかしいとは思わないか？　君たちの祖は三属性しか魔法を扱えない。全属性を操るボクたちの下位互換に過ぎない君たちが、どうやって戦争に勝利したと思う」

お前たちになくて、俺たちの先祖だけが持っていたものがある。つまり、結束力、そして固有魔法だ。

「ハハッ、まさか。確かに、英雄とうたわれる彼の封印魔法は決定打に成り得たよ。けど、たった一人の劣等種に、ボクたちが負けるわけないだろう」

「なら、お前は何に負けたんだ」

アルバスは端的に答えた。

「神」

粘り気のある殺意を、地に伏せる翼竜に向けていた。

「何柱かの神は殺した。けど、全員は無理だった。その生き残った神の一柱がそこにいる海神であり、そして」

アルバスの視線が、おもむろに、ヒアモリへと移る。

「そこの少女を依り代にしている、太陽神だ」

ヒアモリが、神の依り代？

「その力は絶大だ。解き放つ光芒の威力は、同じ神の名を冠する海神をたやすく屠《ほふ》ったことからも明らかだ。君もみただろう？　欠点があるとすれば、その神は人の姿を借りねば現世に長く顕現できないことか」

アルバスはため息交じりにつぶやいた。

「ぬかったよ。まさかこの時代に至るまで、聖域の内側から英雄の墓を見守り続けていたなんて。君が壊した脆弱《ぜいじゃく》な巫女《みこ》への贖罪《しょくざい》のつもりかい？」

ヒアモリは、否、彼女を依り代とするそれは、黙して何も語らない。アルバスは「おかげで英雄の墓を荒らすのも中途半端に終わらされたよ」と悪態ついて、それから意地の悪い笑みを浮かべた。

「君が邪魔をしなければ、君の愛《いと》しの巫女と英雄の子孫が無駄死にすることもなかったのになァ」

アルバスはゲラゲラと腹を抱えて笑っている。

見かねたシロウが叫んでいる。

「ど、どういうことだよ！　聖域を荒らしたのは、クロウだったんじゃなかったのか？」

「あっはは、まだそんな嘘を信じてたのかい？　とんだ間抜けがいたものだね」

アルバスは大仰に手を広げた。

「真相はこうさ！　始まりは、雪山で遭難した一人の男が遺跡で隠し通路を見つけたことだ。愚かにも不用意に立ち入ったところ罠にかかり、契約を結ぶことになる」

「契約……？」ナッツが問いかけた。

「魂を縛る契約さ」

アルバスが言うには、ヒアモリの父の願いは「一人娘を置いて死ぬわけにはいかない」。アルバスが「悪魔に魂を売ってでも、生き延びたいか」と聞けば、男はこれを受諾したという。

アルバスは、憎き英雄の血を引く守り人の体をこれ幸いと最大限活用することにした。北端の隠れ里へとその足で向かい、禁門の守り人を言いくるめようとした。自らの封印の鍵である、禁門を破るためだ。

だが、禁門の守り人はわからずやだった。やれやれと嘆息して、彼は続ける。だから、聖域を破ることにしたのだと。いくら愚鈍な劣等種でも、危機に陥れば諦めがつくだろうと予測したのだと。

「でも、彼の体を借りて英雄の墓を暴こうとしたところで邪魔が入った。太陽神の残滓が、ボクとそこの男の魂の契約を一時的に破棄したんだ」

古来陽光には闇を払う効果があると信じられてきた。ᛊ《ソウェイル》でできることと同じことができても、おかしくはない。意識を取り戻した男は、村の仲間に事情を話した。そして嘆願した。『私を今すぐ殺せ』と。

娘を置いて死ねない、と言った男の言葉とは思えない発言だ。言ってることが真逆だ。だからこそ、彼の心情が手に取るようにわかる。

気づいたんだ。自分が魂を売ってしまった相手が、どれほど邪悪な存在だったかということに。

「事情をくんだ守り人の一族は、ひとまず、男の身柄を拘束することに決めた。この時、ボクにとっては幸運で、男にとってはとてつもない不幸が起きていた。一つは、彼らのやり取りを一人の少女が目撃してしまっていたことと」

その少女とは、もちろん、ヒアモリだ。

「そしてもう一つは——その娘が、太陽神を呼び出す巫女の器として覚醒し、その上自らの思い通りに御するだけの才覚を持ってしまったことさ」

アルバスは続ける。

「本来、神を御する真似は人にできない」

アルバスは俺を見て、海神様を見て、少し沈黙した。

「本来……神を御することは、人にできないはずなんだ……」

首をかしげるな。真剣にやれ。

「太古の昔もそうだった。太陽神が依り代の体を借りて顕現するとき、器の自我は消え、神が自らの意志で力を振るっていた。だが、そこの娘は違った。自らの意志で神の力を振り回し、同族を虐殺してみせた」

アルバスの語りは、少しずつ熱を増していく。

「震えたよ、胸躍り、血肉沸き立ったよ。この傑物を手中に収めることができれば、神の力を今度はボクが操れたなら！　今度こそ負けない。文明の新旧は覆り、歴史は過ちを正すに違いない！」


「それだけのために」

自らの理想論をひけらかし、余韻に浸るアルバスに、シロウが問いかける。

「それだけのことのために、関係ない人を大勢巻き込んだのか……？」

シロウの視線の先にはアルバスがいて、さらにその延長線上には、がれきに埋もれ、火の海に沈む町と、それに惑う住民の姿があった。

「それだけのこと？　君にとってはそれだけのことでも！」

アルバスがシロウに手をかざす。風切り音が鳴り響き、シロウの肩口から鮮血が舞う。

「ボクにとっては存在証明そのものだった！」

「ぐあぁぁぁぁぁぁぁっ！」

シロウが悲鳴を上げて、ナッツが彼の名前を叫んだ。

「力だ、力こそが正義だ！　ボクを下劣と罵ったやつも、混ざり物だと下に見たやつも、力の差を思い知らせれば例外なく服従した！　最強であることだけが、ボクがボクのまま生きていいと思えるすべてだったんだ！」

「アル、バス……、お前」

「お前にわかるか！　弱くて、惨めで、愚かなくせに、他人に必要とされるお前に！　ボクの気持ちが！」

「アルバス！」

シロウは駆け出して、アルバスを抱擁した。とっさの出来事に、アルバスは硬直していた。そんな彼に、シロウは優しく、語り掛ける。

「辛《つら》かったんだな、苦しかったんだな。ごめん、近くにいたのに、気づけなくて」

「は？　君は、何を、言って……」

ハッとして、アルバスが、シロウに問いかけた。

「は、ハッ！　訳がわからない。どうして、君が泣いているんだよ」

「わかる。わかるさ、アルバス、お前だって、きっと、俺の気持ちが」

シロウは、抱き寄せる力を、一層強めた。

「だって、お前にも、こんなに温かい血が流れてる」

アルバスの表情筋が、小さく痙攣している。

「黙れ」

「がっ」

アルバスが拳を叩きつけた。シロウはアルバスを放さない。

「ボクは信じないぞ。そうやって油断させて、隙でも狙う気か？」

「違う、違うよ」

「うるさい、うるさい！　うるさい！」

蹴り、殴り、いたぶり。アルバスはあの手この手でシロウの拘束から逃れようとしている。

「俺は、信じてる」

アルバスの手が、止まった。シロウが曇りなき眼で、アルバスの顔をのぞき込んでいる。

「心の傷も、痛みも知ってるお前が、人の心がわからない化け物のはずがない。人間なんだよ、俺と同じ、だから、わかりあえる、絶対、俺たちは！」

「滅茶苦茶だ……道理も何も、あったものじゃない」

「そんなもんだろ、友情って」

シロウは持論を語った。打算とか、損得とかじゃなく、力になりたい。そう思えるのが、友達なんだ、と。

「だから、俺と友達に――」

言いかけたシロウの腕の中から、アルバスが崩れ落ちていく。

「は……？」

訳がわからない、といった具合に、声をこぼした。

慌ててアルバスの体を抱き留めれば、どろり、とねばつく液体が手のひらを覆い、むせ返るような鉄の匂いがあたりに充満する。

「アルバスッ！」

その場に膝をつく二人のもとへ、ナッツが駆け寄ると、彼女はすぐさま回復魔法を唱えた。

「ナッツ、俺はいいから、アルバスを！」

「シロウだって、その傷、放っておいたら死んじゃうよ！」

「俺は、大丈夫だから」

シロウが無理に笑顔を見せると、ナッツは顔をクシャっとゆがめてアルバスの傷口へと回復魔法の光を移した。

「［》《ラグズ》」

癒しの水が、シロウの傷を塞いでいく。ただし、失った血が戻るわけではなかった。血圧が下がり、もうろうとした頭で周囲を見回す。

「どいて」

そこに、天使を装った悪魔がいた。

毛先にかけて階調的に緋色がかった髪色の、幼い少女。背中に神々しい光輪を携えたそいつは、淡々とした口調で語り掛けた。

「そいつを、殺せない」

「どうしてだ。どうしてこんなことをするんだよ！」

シロウが叫んだ。

「せっかく、心を開きかけてくれたんだ！　傷つけ合わなくても、手を取り合うことだって、きっとできるはずだ！　お前には、人の心がないのか！」

「人の、心……？」

ヒアモリは、自らの胸に手を当てて、ぽつりぽつりと、胸中を語り明かした。

「心なら、ある」

「だったら」

「心は、叫んでる。許せない。そいつのせいで、私の人生はめちゃくちゃだ。あたりまえの生活を壊したそいつが憎い。お父さんを利用したそいつが許せない」

「で、でも」

シロウが泣き出しそうな顔をして、ヒアモリは冷淡な言葉で、突き放した。

「この胸に逆巻く黒い炎を鎮めることが人間なら、私は、化け物でいい」

彼女の背中では、阿弥陀如来《あみだにょらい》の光輪に似た光が、からからと回り続けていた。


「ᛃ《ジェラ》！　ᚢ《ウルズ》！」

踏み固めた大地を、身体強化した蹴りで打ち込んだ。圧巻の質量をもった攻撃はしかし、ヒアモリの光背に妨げられ、決して届かない。

だが、そのわずかな抵抗の間に、アルバスが気を取り戻した。実時間にすればほんのごく短い時間はしかし、十分な時間でもあった。

「おい、劣等種」

「誰が劣等種だ！　俺にはシロウっていう、母さんがつけてくれた立派な名前があるんだ」

「ならシロウ。聞け」

アルバスが地面を踏み抜き、大地を隆起させた。ヒアモリと彼らの間に巨大な岩壁が現れて、真剣なまなざしでアルバスは語る。

「お前を信用してやってもいい。たった一つの条件を呑めるならな」

「ほ、本当か？　わかってくれたのか！」

「ああ」

アルバスが生み出した岩壁が、耳をつんざく爆撃音で破砕されていく。彼の命を狙う鬼が、じりじりとその距離を詰めよっている。

「あいつを、殺せ」

「……ぇ」

「間抜けめ、時間が無いんだ。二度言わせるな。あいつを殺せ。いや、最悪殺せなくてもいい。ボクがとどめを刺すまでの時間を稼げ」

「ま、待ってくれ！　わかってない！　お前は何もわかってないぞ！　俺がお前と友達になりたいと思ったのは、これ以上誰かを傷つけてほしくないと思ったからだ！」

「ならこのまま殺されるのを指をくわえて待っていろと？　ふざけるな。ようやく現世によみがえったんだ。こんなところで死んでたまるものか」

「でも」

「決めろ、いますぐに。ボクと太陽神の器、どちらに与するのかを」

爆撃音がひときわ強く鳴り響いて、アルバスが展開していた岩壁の、最後の砦《とりで》が粉砕された。断割の防壁の間隙からは、目もくらむ強い光が瞬いていた。もし悩みでもすれば、その間に、光はアルバスを貫き、今度こそ殺してしまうだろう。

だから、とっさに――

「――《イサ》！」

シロウの体は、動いていた。

多層構造の氷壁に光は乱反射して、その軌道を左右にずらし、一撃たりとも貫通を許さなかった。

「ハッ、覚悟は決まったみたいだね、シロウ」

熟考の末にたどり着いた結論には程遠かった。だがそれは、シロウが心から望んだ答えでもあった。後悔なんてあるはずがない。

「じゃあ、約束通り」

言いかけたアルバスの言葉を遮って、シロウは左右に首を振った。

「俺は、誰一人犠牲にしない」

「は？」

氷の壁が、その性質を変容させる。

「誰を守るか、誰を見捨てるか。それが正しいことだなんて、俺には思えない」

「この期に及んで甘えたことを、そんな理想論が通用するほど、現実は甘くない！」

「甘えた考えだってのはわかってる！」

変質した氷壁の色を言葉にするなら、漆黒。

一切の光を通さない、完全なる黒。

否、より正確に言うのなら、その防壁の中では一切の光子が停止している。時間と空間という概念が、完全に凍結されている。

「理想論だから、叶《かな》えたいんじゃないか」

ようやくわかったんだと、シロウは言った。

「正義を守るんじゃない。俺は守るために戦う。アルバス、お前のことだって」

「あのさ、ウザいんだけど、そういう偽善」

ササリスの指先から伸びる細い糸が月下にきらめいて、アルバスとシロウからは鮮血が噴き上げた。

一秒という時間を無限に飛ばした極限で分割し、それをコマ送りで再生するように、スローモーションで移ろう景色を、呆然《ぼうぜん》と眺めていた。

それは虚をついた攻撃だった。とっさにᚢ《ウルズ》で肉体を強化したシロウと、冷気を放ち血液ごと糸を凍らせたアルバスが、どうにか致命傷を防ぐが、状況は呑み込めていないようだった。

アルバスに巻いた糸は、冷気で砕けたが、肉体を強化しただけのシロウに対する拘束は続いたままだ。ササリスが糸を引けば、さらに糸が食い込み、シロウの肌からあふれる血の量が増していく。

「『過去はどうしようもないクズでしたけど、これからは心を入れ替えて真っ当に生きます』って、そんな身勝手、許せるハズないでしょ」

シロウが苦痛で叫ぶ。糸は切れない。ミシミシと、骨に極度の負荷がかかっている音が鳴っている。

「そいつにはあたしも恨みがあるんだ。果たさずにはいられない、私怨がね」

「言い分は俺にだってわかる。けど、復讐は復讐を生むだけなんだ！　悲しみの連鎖は誰かが断ち切らないとダメなんだ！」

「だから、あたしの復讐心を押し殺せだって？　ふざけるな」

ササリスが、胃の底冷えする声で、宣告する。

「そいつはあたしが裁く。罪なんて償わせない」

「違う、そんなの、間違ってる！」

終始感情論で訴えるシロウをササリスは軽蔑の視線で見下していて、わかりやすく鼻で笑ってさえいる。

「甘えた正義感に溺れたけりゃ一人で溺れな。大事な人を傷つけられて、それでも仕返しは悪だ、我慢だの忍耐だのこそ高尚だとありがたがるなら、あんたが一人で背負いこみなよ。あたしの復讐心も、あの子の憎悪の炎も、全て受け止めて飼いならしてみせな！」

ササリスは続けた。「あたしはごめんだね」と。

「チッ、エーテル！」

「無駄だよ」

高濃度の魔力の霧で、アルバスがひとまず俺のルーン魔法を封じようと動くが、ササリスの水魔法がそれを押し流してしまう。

「亡霊は大人しく寝てな。あたしと師匠、二人を相手に敵う道理なんてないだろう？」

アルバスの視線がササリスを見て、俺を見て、シロウを見て、最後に星空を眺めた。しばらくやつは黙って空を見上げていたが、やがて一言、ぽつりとつぶやいた。

「確かに、そうかもしれないね」

ともすれば、それは敗北宣言ともとれる言葉だった。だから、緊張感が走った。直感が告げている。これで終わりじゃない、と。

「わかっていたんだ。敗北を喫したあの日から、どうして負けたのか、何がダメだったのか、なんてさ」

アルバスが、星空に手を伸ばす。

「でも、ボクは、認めたくなかったんだ。受け入れられなかったんだ。敗因を、ボクがボクであるすべてを失うことを」

大気が震える。地鳴りが響く。煌々と輝くオーラが、アルバスを包み込んでいる。

「ササリス！」

「わかってる！」

何を狙っているのかは知らないが、あれはまずい。ササリスに先手を打たせるが、彼女の魔力糸はアルバスに届く前に消滅した。俺が放ったᚦ《スリサズ》の雷も同様だ。

「ボクは混ざり物だ《ヒゴバマサルミニタ》。居場所は実力で掴むしかない《ウハズユバスドルユゴテドガモズガナウ》。そう信じていたから孤独で《ジオズンスデウダガラギチゴテ》、孤独がボクの弱さだった《ギチゴカヒゴニユワザタドダ》」

長文やめろ。聞き取れないから。

(ん？　アルバスが、古代文明語を使った、のか？)

現代文明を劣等種と蔑みながら、俺たちの言葉を使うのは、自分自身に対する自己嫌悪でもあるのだと思っていたのだが、解釈違いだったのだろうか。

いや、あるいは、あるがままの自分を受け入れる強さを手にした、とでもいうのだろうか。

「シロウ」

星空から視線を下ろしたアルバスが、旧知の友に声をかけるように、語り掛けた。いままで聞いたことがないほど、穏やかな声だった。

くすくすと笑い、アルバスは薄目を開いた。

「その名は覚えておいてあげるよ、ボクの命が燃え尽きるまではね」

瞬間、世界は豹変《ひょうへん》した。

引き金はたった一つの、アルバスが唱えた魔法だった。

地水火風空。

基本五属性と呼ばれる一般魔法はすべて、このいずれかに起源をもつ。それは古代文明人も現代文明人も変わりない。

だが、その仕組みに関して言えば、厳密には本質が大きく異なっている。

現代文明の五属性は、いわゆる仏教用語の五大に近い概念だ。他方、古代文明はアリストテレスが提唱した、エーテルという第五元素に、熱・冷・乾・湿の四つの性質を加えた概念という認識が正しい。

故に古代文明人はすべての属性を操ることが可能であり、相性の有利不利がある現代文明人はたかだか三属性の魔法しか扱えない。

しかし、古代文明と現代文明、二つの文明が衝突した際、勝利を手にしたのは明白に劣るはずの現代文明だった。

理由は三つ。誰も彼もが残虐な古代文明に比べ、現代文明は連携を取れる強みを有しており、弱点を互いに補いあえたことが一つ。神の名を冠する者たちが、現代文明に与したことが一つ。そして最後の一つは、現代文明人における、固有魔法と呼ばれる、基本要素から逸脱した例外の台頭だ。

もし、歴史にほんの少しの違いがあり、固有魔法をもって生まれたのが古代文明の方だったなら。

あるいは現代語られる文明の新旧は、逆転していたかもしれない。

（なんだ、あの魔法は）

俺は寡聞にして、アルバスが唱えた魔法を知らない。パッと見てわかるのは、アルバスの全身から、蒸気のように魔力があふれ出していることだ。

警戒レベルをもう一段階引き上げて、威力偵察でルーン魔法を発動した。描いた紋章は雷を意味するᚦ《スリサズ》。だが、

（ダメか）

言葉にするなら雲散霧消。ᚲ《ケナズ》やᛚ《ラグズ》でも結果は同じ。放った魔法はなんだろうと、アルバスのもとへ着弾する寸前にかき消える。

（属性空の魔法？　いや、違う。アルバスを包む白い靄は、もっと別の何かだ）

「君はこう考えている。この靄の正体はなんだ、どんな効果が秘められている、と」

どや顔で語るけど、この場面でそれ以外のことを考えていたらやべえやつだろ。カッコつけるな。自分だけ奥義を繰り出したからって調子に乗ってるんじゃねえぞ。

「いま、見せてあげるよ」

地面を蹴り、アルバスが肉薄した。完全に想定外の行動だった。この、覇王を名乗る古代文明の生き残りが、肉弾戦で挑んでくるのは予想だにしなかった。

応戦するか避けるか、一瞬判断が遅れて、困った。

（遅い？）

やはりアルバスは魔法が本領というべきか、肉弾戦に関しては、アルカナス・アビスで経験を積んだ俺に軍配が上がる。逡巡があった後でなお、紙一重で躱し、クロスカウンターを狙う余裕があ

る。

だからアルバスの拳を引き付けてからギリギリで避けて、手薄となった体に拳を叩きつけた。

「……ッ！」

「くはっ、かかったね、クロウ！」

やつの体に触れた瞬間、身の毛のよだつ悪寒が走った。叩きつけた拳から、虫が這いずるような冷気が、手首、ひじ、肩へと駆けあがってくる。

だからとっさに、反対の手でくを描き《ケナズ》、爆炎を呼び起こした。

アルバスには効果がない。やつが纏う白い靄が、魔法に起因するすべてを無効化するからだ。だが、この至近距離で放った爆熱は俺にも影響を及ぼす。爆風の推進力を利用して、後方へと飛びのき、至近距離の間合いから離脱する。

距離を置いて、呼吸を一つ、幾分冷静になった頭で現状を分析する。

（腕は動く。凍傷の気もない。けど）

魔核から魔力を呼び出し、指先に淡青色の光を灯そうとしてみると、違和感の正体が可視化された。

（魔力回路が、壊死《えし》した？）

魔力が流れない。まるでせき止められたようだ。

（違う、壊死ですらない。この魔法の正体は――――）

俺の予想が正しいならば、

「――封印、魔法か」

アルバスは小さく首肯した。

「ご名答。神代にしか伝わらない魔法なのに、本当に、どうして君が知っているんだか」

「オリジナルを見てるんだよ、それに関しては」

「ああ、そういえば、聖域を燃やしたのは君だったね。なるほど」

封印魔法、それは太古の昔、英雄が覚醒した固有魔法だ。世界を混沌に陥れたアルバスから平和を取り戻すためにもつかわれたその魔法は、原初の固有魔法と呼ばれている。

俺は聖域で、ミイラ化した英雄がその魔法を使うところを見た。あの時は白い靄など無かったが、あのミイラは明らかに全盛期の力を有していなかった。いま、アルバスが見せている魔法こそが、本来の封印魔法なのかもしれない。

「それで、どうするんだ？　今度は貴様が俺を封印するのか？　貴様がミイラとなり、今度こそ本当の孤独になるまで」

「素晴らしい案だね。付き合ってくれるかい？」

「お断りだ」

ᛃ《ジェラ》で大地を隆起させ、ᚱ《ライド》でアルバスにとっての向かい風を吹かせ、ᛚ《ラグズ》で足場をぬかるみにして足を奪い、距離を稼ぐ。

「猪口才《ちょこざい》な」

そのすべてが、封印魔法を前にすれば無力と化す。

内心で舌打ちを鳴らすと、シロウが叫んだ。

「なんでだよ！　もうやめろよ！　争わなくってもいい方法が、きっとあるはずなのに！　俺たちは言葉が通じ合うのに、どうして戦いで決着をつけようとするんだ！」

アルバスがシロウを一瞥し、つぶやいた。

「ボクがボクの信念を持っていて、その信念がクロウとは不倶戴天《ふぐたいてん》の間柄だからだよ。覇道に二人の王はいらない、そうだろう、クロウ」

そうだな。同意するよ。

シロウがアルバスを止めようと、凍結を意味するᛁ《イサ》を放つ。無意味だ。

「けど、まあ」

シロウが放った凍結の概念を、アルバスは片手で握りつぶした。いまのアルバスは、あらゆる魔法を無効化する。

「君と出会うのが、この時代でなければとも、思ったよ、シロウ」

アルバスが口元のあたりを、ひじで拭った。違和感。やつの腕に赤い筋が走った。口元の血を拭ったみたいだ。

ダメージを負わせていたのか？　いつの間に。

「アルバス、お前……」

「おしゃべりの時間は無いぞ、クロウ！」

何をしているのか、おぼろげながらわかった。

（こいつ、命を削りながら――ッ！）

当然だ。封印魔法は初代英雄にのみ許された魔法だ。それをどうやってか知らないが再現して、ノーリスクでいられるはずがない。反動がない奥義なら、出し惜しみせずに使える場面はもっとあったはずだ。

「アルバス、何がお前を駆り立てる」

俺の知るアルバスは顎上げて斜に構えるやつだ。何かに、とりわけ他人に対して、これほど我武者羅になるやつではない。

「そんなの、ボクが知りたいよ」

ハッ、そうかよ。

「【散】れ」

靄を払うつもりで放った文字魔法は、しかし届かなかった。

「無駄さ」

バック走で相対距離を稼ぎながら、【払】う、【晴】らす、【除】く、【消】す、【乾】く、といろいろ試してみるが特段有効打となる一撃は見当たらない。

（なるほど。当時のアルバスが封印されるわけだ）

これは、魔法使い殺しの技だ。

（だが、使い手が悪い）

アルバスは英雄ではない。封印魔法の持続で損耗する体力を考えれば、こうして適度に距離を取り続ければ俺の勝ちだ。長引けば長引くほど戦況は俺に傾く。

「どうしたアルバス。精彩を欠くぞ」

「ははっ、まだだよ」

強がってみせたが、アルバスの息は上がっている。それに何より、この状態のアルバスが俺に勝てない絶対的な理由がある。

「諦めろ、その状態では、お前も魔法が使えないんだろう？」

あの靄が魔法を無効化するというのなら、その中心にいるアルバスがその効果の適用外になる道理はない。

「魔法の使えないお前はさほど脅威じゃない」

「ふ、ふふ。そうか。魔法を使う方のボクは、相応の脅威ではあった、と認識していいのかな？」

それなりに、だがな。

「そうか。よかった」

アルバスは吐血し、大きな息を吐いて、笑顔を取り繕った。

「これが、ボクの最期の一撃だ」

アルバスが糸目を押し広げ、黒目をのぞかせた。細い瞳に、力強い生気の宿った光が灯されている。

（なんだ、あいつの自信は、どこからきている）

アルバスは自らの勝利を疑っていなかった。すべての布石は打ち終えた。そう言いたげだった。

（ブラフ？　いや、違う。やつは本気だ）

本気で、勝とうとしている。

そんな俺の考えを見透かすように、アルバスは高らかに宣言した。

「ボクの、勝ちだ」

かざされたアルバスの手のひらから、彼を取り巻いていた白霧がすべて、放出された。

……ヒアモリに向かって。


失態を悟った。アルバスの勝算を理解した。

（ぬかった！　肉弾戦にこだわる様子から、封印魔法は放出できないと、勝手に思い込んだ！）

俺が油断するこの一瞬こそ、やつの狙いだったのだ。

「くそっ！」

位置取りも失敗だ。俺の位置からは魔法が届かず、アルバスからは比較的すぐ近くにヒアモリがいる。

さらに悪いことに、俺は直前、アルバスの全力を迎え撃つために文字魔法の発動準備をしていた。

そのせいで、ᛁ《イサ》を描くまでにも、一度魔法を発動するか、文字を霧散させるプロセスが必要となり、ヒアモリの救出にどうあがいても間に合わない。

「ササリスッ！」

俺の手には負えない。だが、打てる手はまだある。アルバスと俺で決定的に違ったのは、協力者がそばにいたかどうかだ。俺にはいた。だから間に合う、この盤面からでも。

「待って、師匠！」

だが、糸を伸ばしかけたササリスは、何かに気づいたかのように、ヒアモリを引っ張り上げることをやめた。

アルバスの放った封印魔法が、ヒアモリに直撃する。


二つの影が、その場に崩れ落ちた。一つは封印魔法が直撃したヒアモリ。そしてもう一つは、封印魔法を放ったアルバスだ。

「ヒアモリッ！」

俺とササリスは、ヒアモリのもとへと駆け寄った。

（どうしてササリスはあの一瞬、救助をやめたんだ？）

長い付き合いだからわかることがある。こいつは行動力の化け物だが、一度直進し始めたら、考えなしに立ち止まるやつじゃない。何か考えがあったんだと思うが、その意図がわからない。

「アルバス！　アルバス！　どうしてあんなことしたんだ！」

シロウは、アルバスのもとへと駆け寄っていた。皮膚という皮膚から血を噴き、ぐったりとしているアルバスを腕の中に抱え、瞳は涙をこらえている。

「誰かに、裁かれるなんて、まっぴらごめんだね。ボクは、ボクの生きたい、ように、生きる」

わけが、わからなかった。あいつは、俺との決着を望んでいたんじゃなかったのか？　どうして、最後の最後に矛先をヒアモリに変えたんだ。

「師匠、見て！」

ササリスがヒアモリの体を抱きかかえて、気づいた。

（ヒアモリの光背が、消えている）

包み込んでいたシロウの｜《イサ》も、終始展開されたままだった、阿弥陀仏のような光背も、いつの間にかなくなっている。

「クロウ、いらないだろ、その子に、過ぎた力なんて」

「お前、まさか」

最後に放った封印魔法。あれが、ヒアモリを永遠の眠りにつかせるためのものではなかったとすれば。封印を試みた対象が、神の力に限定されていたのだとすれば。ササリスが途中で、糸魔法での救出を引き上げた理由もうなずける。頭の回転が速いササリスなら、ヒアモリを眠らせたところで勝利につながらないという違和感から、アルバスの狙いを読み切った可能性まである。

「悪いね、シロウ。ボクは、君みたいな、お人よしじゃないんだ。誰かのために、力を振るうのなんて、これっきりでごめんだね」

「言うな、そんなこと、言うなよ。生きろよ、生きて、もっと」

アルバスは乾いた笑いをこぼした。

「感情で、衝動的に動く。つくづく、不合理な生き物だよ、劣等種は、さ」

目を伏し、アルバスは、口を緩めた。

息を引き取ったのは、それからほどなくのことだった。

【エピローグ：戦《そよ》ぐ】

数日がたった。ヒアモリの絨毯《じゅうたん》爆撃をモロに食らったはずの海神様は、驚異の回復力を見せ、いまは自由に空を飛んでいた。化け物じゃん。こわぁ。

それから、驚異の回復力を見せたのはもう一人。

緋色の髪が特徴的な中年、ヒアモリの父である。

彼は意識を取り戻してから、しきりに、ここはどこで何があったのかを聞いてきた。そばでこんこんと眠り続ける娘がいたのもそれに拍車をかけたのだろう。根負けしたのは俺たちで、事のあらましをすべて伝えた。

「そう、ですか。私は、なんと愚かなことを」

目に見えて落ち込む男に、ササリスは容赦なく追い打ちをかける。

「操られていたから仕方ない、なんて甘えたこと口にすんじゃないよ。次は傷口じゃなく、その口を縫い合わせるからね」

「わ、わかっています！　すべては、私の不徳の致すところ」

緋色の髪の中年はしゅんとしぼんだ。面妖な術だ。遠近感がバグって見える。

「クロウさん、ササリスさん、お願いがあります」

緋色の髪の男は姿勢を正し、床に座り、両の拳を床に叩きつけた。既視感がある。雪の隠れ里の里長が頼みごとをした時の姿勢だ。

「この子を引き取っていただけないでしょうか」

……は？

「この子をこんなに苦しめたのは、私の責任です。父親と名乗る資格なんて、もうありません。ですから」

「ぬん」ササリスの糸魔法がさく裂ぅ！

「あだだだだっ！　縫われる、口が縫い合わされます！　なんで、どうして！」

ササリスは切れ味がない代わりに靭性に富んだ糸を伸ばし、ちぎれない程度に男を四方八方に引っ張り上げた。

「あんた、あの子がどんな思いであんたを探していたか、知らないでしょ」

緋色の髪の男は答えられなかった。何か思いついたように言いかけては口ごもり、首を振っては自分を否定している。

「父親の無実を信じて、傷つく危険を覚悟のうえで、それでもあんたに会いたいと願った娘の気持ち、ほんの少しでも考えてみたの？」

緋色の髪の男は沈黙を貫いている。だから、ため息交じりに、諭した。

「資格どうこう以前に責任があるでしょう、父親としての」

「……あ」

そりゃ、ササリスもぶちぎれて口を二度と開けなくしてやろうと躍起になるってものだ。いまの発言はこのおっさんが悪い。

ヒアモリの父はしばらく悩んだ。うんと悩んだ。一昼夜通してうんうん唸り続け、俺たちは寝不足に悩まされた。

「決めました」

ようやく決心がついたようで、男は再度、床に座り拳を地につけた。

「クロウさん、ササリスさん、お願いがあります。私はやはり、罪を、償おうと思います」

「ぬん！」ササリスの糸魔法がさく裂ぅ！

「あだだだだっ！　縫われる、口が縫い合わされます！　待って、ササリスさん待って！　話を聞いてください！」

ササリス、ステイ、ステイ。最後まで言わせてやれ。

「私が牢につながれれば、この子は独りぼっちです。ですので、たまにでいいので、いえ、本当は毎日がいいのですが」

「くどい」

「ひゃいっ、その、面会に、連れてきていただけないでしょうか」

お願いします、と口にした男の言葉はしりすぼみになっていた。うーむ、おっさんのそれに需要は無いが、この遺伝子にしてヒアモリありと考えると、彼はいい仕事をしたと言えるやもしれない。

「それってさ、あたしたちにこの子を育てろって言ってる？」

「えと、その、はい。やっぱり、ご迷惑、です、よね」

口を尖らせていたササリスは、ふっと笑顔を咲かせた。

「いいよ、ね！　師匠！」

「断る」

「え、ええ……？」

笑顔を向けてきたササリスの表情が、途端に凍り付く。表情筋が硬直して、ぴくぴくと顔を痙攣させている。

「あれれー、聞き間違いかな？　いいでしょ、ね、師匠」

ダメだ。何度聞かれてもそれは変わらない。

「勘違いしているようだが」

そう前置きして、俺はヒアモリの父に向けて俺の考えを打ち明ける。

「俺やササリスは、あんたが考えているほど高尚な人間じゃない」

人を二種類に分類する必要があるとすれば、間違いなくアウトロー側に分類される人間だ。

「掛け値なしに言える。やめておけ。実の娘がかわいいなら、俺たちのような人間に預けるべきじゃない」

「って、師匠は露悪的に言うけどねー、本当はすっごく優しい人なんだよー」

やめろササリス変なことを吹き込むな。ヒアモリのお父さんもどう答えればいいかわからなくて困惑しているだろ。不用意に混乱させるのはやめて差し上げなさい。

「断る理由はまだある。お前、不都合な事実を隠そうとしたな？」

「そ、それは、その」

男は口ごもり、ササリスは「どういうこと？」と首をかしげた。

「罪を償う、ってのは聖域侵犯のことだけじゃない。ヒアモリが犯した虐殺および同族殺しの罪についても被るつもりで言っただろう」

制度上、未成年の子どもの罪は親が償える。

「聖域侵犯だけなら終身刑で済むかもしれない、が、ほかはよくて絞首刑、最悪は解剖刑だ」

母さまが言っていた。解剖は絞首刑以上に残酷な意味を持っていると。最後の審判を受けられなくなるとか、宗教観的な理由らしい。

男が言う面会は、せいぜい処刑が決定されるまでの期間の話だ。そしておそらく、それは長い期間ではない。

「だったら、だったらどうすればいいというんですか！」

男は拳を地に叩きつけて、酷く興奮した感情を吐き出した。

「ほかに方法はないでしょう！　私なりに考えました。父親としての責務があるなら、それはあの子を守ることのはずでしょう！」

ヒアモリの父は固めた拳を床につけて、静かに涙を流した。

「お願いします、最後に、父親らしいことを、させてください」

男が言っていることも、間違いではないのだろう。父親らしいという言葉が何を意味するのかは人それぞれだし、どれが正しい、どれが間違っている、という話でもないのだろう。

ただ、俺の好みのやりかたじゃない。

「なにより気に食わないのは」

なんだかんだ言って、これが一番の問題だ。

「自分以外の誰かの道を、勝手に決めようとするその態度だ」

「……ぁ」

娘の将来のため、なんて銘打ってはいるが、お前のそれは逃げに過ぎない。そんな軟弱者の話、聞く道理が無いな。

「お前の娘は、お前が道案内してやらないといけないほど弱くはない」

ササリスが腕組みして、むむむとうなった。一理あるかも、ともつぶやいた。

ヒアモリの父親はしばらく面食らった様子だったが、少しして、フッと笑った。

「お二人の言う通りですね」

彼は病床に伏すヒアモリへと視線をやると、こう続けた。

「ヒアモリが起きたら、話し合ってみます」


さらに数日して、ヒアモリはやっと、目を覚ました。

喉が渇いたのか声がかすれていて、言葉を出すのもおっくうそうだ。口を尖らせ、微妙な顔をしている。しかし、ぎゅうと鳴ったおなかが、口よりも雄弁に「おなか、すいた」と訴えていた。

ササリスはヒアモリの口元に、消化の早いスープを近づけた。ヒアモリはぼんやりした様子で、それを腹内へと収めた。

それから、まどろみから抜けきっていない目が、ぐるぐると左右に泳ぐ。ここはどこだろうといった様子で焦点の定まっていなかった瞳が、ある一点でぴたりと静止する。

「お、父さん？」

「ああ……ヒアモリ、ヒアモリ！」

男はそっと、娘を抱きしめた。娘はまだ意識がはっきりしていないようで、ぽわぽわしている。

「どう、したの？　なんで、泣いてるの？」

少女がそう問いかければ、男はますます激しくむせび泣いた。人目はばからず泣き叫ぶ男を、少女はとんとんと、子をあやすように励ましている。

少しして、感情が落ち着きを取り戻して、男はやっと、本題を切り出した。

「ヒアモリ、よく、聞いておくれ」

男は打ち明けた。聖域不可侵の掟を破ったのは自分であることを。その罪を償うために、出頭するつもりだということを。

「嫌だ、嫌だよ。お父さん、いかないで」

だから、今度は、ヒアモリが涙をあふれさせた。

「ごめんなさい、私が、悪い子だったから、いい子にするから、ずっと、一緒にいてよ」

だいたい、俺が予想した通りの展開になった。ヒアモリの父が懸念した通りの展開でもあった。

「ヒアモリ、いい子の条件を一つ教えてあげよう。それはね、わがままを言わないことだよ」

「だったら、悪い子でいいから」

「ごめんな、ヒアモリ。悪い子のわがままは、聞けないんだ」

「そんなの、ずるい、ずるい、よ」

男はヒアモリの頭に、ぽんと手を乗せた。

「もしも、ヒアモリが、自分のわがままを貫き通したいなら」

男は俺とササリスに視線をやった。

「このお二人を頼りなさい。自分の道を、自分の足で歩んできた、大先輩だ」

頭を下げて、男は言った。

「クロウさん、ササリスさん。娘を、よろしくお願いします」

その言葉を最後に、男は立ち去っていく。

あれだけ考えて、それでも罪を償うと言って聞かなかったんだ。あれがあの男のやりたいことだというのなら、曲げられない信念だというのなら、俺が何を言っても無駄だ。

俺が、言う分には、な。

「クロウさん、ササリスさん、お願いがあります」

毛先にかけて階調的に緋色がかった髪色の少女が、感情の起伏に乏しい声音を奏でる。

「わがままを通すための、力をください」

ヒアモリは打ち明けた。彼女の考えを。それは非常に、俺好みのやり方だった。

「――どう、でしょうか？」

覇王の教義第七番《ダークヒーローズ・ドグマ》、力を求める者には惜しまず授けよ。

その誘い、乗ってやるよ。

◇　◇　◇

「主文。後回しとする」

前代未聞の大事件は、いままさに、この法廷で幕を下ろそうとしていた。被告は聖域の守り人の末裔で、自ら罪を認めていた。

「聖域の侵犯、同族殺し、自警団の虐殺。どれ一つとっても残酷な犯行であり、被告の罪は重い」

裁判官は重々しい口調で告げる。

「主文。被告を――」

「待った！」

発砲音を奏でるように勢いよく、法廷の扉を開け放ち、高らかに声を上げる者がいた。

「その判決はいささか早計が過ぎるんじゃないかな、裁判官様？」

「き、貴様！　何者！　神聖なる裁判を邪魔立てするなど無礼者！」

裁判官が「警備員、捕らえよ」と力強く口にすると、法廷内にいた屈強な男たちが、扉にたたずむ者へと一斉に襲い掛かった。

「邪魔」

そして、一人残らず宙吊《ちゅうづ》りにされた。よく見れば扉にたたずむ少女の指先から細い糸が伸び、警備員たちを吊るし上げていることに気づけるだろう。

「な、ななな、何事だ！」

「ちょっと静かにしてもらってるだけだよ。命まで取るつもりはないから安心しなよ。あたしはこれを届けに来ただけさ」

ササリスは懐から、一通の書状を引っ張り出した。それを裁判官のもとへと乱雑に放り投げる。

「拾いな」

「こ、これは」

目を皿にして、書状に押された封蝋《ふうろう》を何度も確認した。驚きは小声となってこぼれ落ちた。

「国王の印、なぜここに！」

裁判官はササリスをにらむが、にらまれた本人はどこ吹く風だ。だから彼は仕方なく、封を破り、中を確認した。

「なんだと」

怒り心頭に発す、といった様子で、肩を震わせながら、裁判官は書状を読み上げる。

「『永きにわたり聖域を守りし一族の業績は偉大であり、その功徳をもって贖罪の一部とすべし』だと？　ふ、ふざけるな！」

この時代、三権分立の考えは生まれていたが、多くの国では王権があらゆる分野に幅を利かせていた。

「これではまるで、贖宥状《しょくゆうじょう》ではないか！　認めん、認めんぞ！　これを認めてしまえば、国の信頼が——」

「あ、そうだ。預かった手紙は、もう一通あるんだった」

ササリスは無造作に封を切ると、書面を裁判官側へと向けて提示した。

「『なお、国王の意志に反して判決を下そうとする場合、裁判官をこの罪により処してよい。刑の軽重を問わない』」

「ぐ、ぬぬ！」

「さて、改めて聞かせてよ。あんたはその男に、どんな判決を下すんだい？」

裁判官は犬歯をむき出しにして、激しく鼻息を鳴らした。

「主文。被告を」

ぎりぎりと臼歯が不快な音を奏でる。男の額に青筋が浮かんでいる。

「無期、懲役とする！」


法廷はこれにて幕を下ろした。ヒアモリの父は、娘とのわずかな面会を許されていた。

「あの、どういうことなのでしょう」

ヒアモリの父は俺とササリスに、どう接したらいいかわからない、と言った様子で声をかけた。

「お二人はもしや、王族に連なる尊いご身分で？」

「あっはは、まさか。生まれも育ちも貧民街。想像するような身分じゃないよ」

「で、ではあの書状はいったい」

ササリスはにこやかな笑顔を見せた。

「ただ王城に乗り込んで、『水道、鉄橋、水運、通信技術、鉄道と、ありとあらゆるインフラはあたしが提供している』って教えてあげただけ」

「きょ、脅迫したのですか！　国王を！」

「なんで？　親切心《しんせつ》だよ？」

「心折心《しんせつ》……？」

ちなみに、作戦の詳細を考えたのはササリスだが、大筋を考えたのは、何を隠そうヒアモリである。あの日、父親がいなくなってから、彼女はこう言った。

――交易宿場で布屋さんに怒られた時、クロウさんがお金で仲裁してくれましたよね？　同じように、罪を、刑罰以外で償う方法があると思うんです。

そのたとえとして挙がったのが、国王様にお願いしてみる、だったのだ。まあ、お願いの方法がこんな強硬手段だとは考えてなかったと思うけれど。

男は唇を青くした。

「道楽で、娘のわがままに付き合ったのでは、ないのでしょう？」

血の気が失せていく。血色が悪化する。顔色が真っ青に染まる。

「お答えください、クロウさん、ヒアモリさん。武力も権力も財力も有するあなた方は、我々が何を捧《ささ》げることをお望みなのですか」

「何も。あんたからは、ね」

「私から、ということは、まさか！」

男はヒアモリを見て、目をこれでもかと見開いた。

「そんな」

「ち、違うよお父さん！　私が頼んだの！」

この世の終わり、とでも言わんばかりに気落ちする男の思考を、ヒアモリは慌てて否定した。

「あのね、ササリスさんとクロウさんには、いっぱいお世話になったの。だから、その恩返しがしたいの」

ヒアモリは抱き着いていた父親から一歩離れ、精一杯笑顔を作った。

「借りた恩が大きすぎて、いつ返し終わるかわからないけど」

作った笑顔が、こらえ切れずに溢《あふ》れた涙でぐちゃぐちゃに崩れていく。

「ちゃんと、お父さんが胸を張って誇れる、自慢の娘になるから」

咽《むせ》びながら少女は声を張り上げた。

「生きて、成長した私に、その時、また、頭をなでてよ……お父さん！」

ヒアモリの父は唇に力を入れて、眉をひそめ、しばらく黙した。声を絞り出すまでに、たっぷり時間を要した。

「ああ、そうだね。ヒアモリの、言う通りだね」

男は言った。死を受け入れる覚悟ができていた、と。少なくとも、今日この日を迎えるまでは、

と。

「クロウさん、ササリスさん。私は、死ぬのが、惜しく、なりました」

一筋、涙で頬を濡らし、男は深々と頭を下げた。

「そうか」

恵風が春を告げれば、陽に照らされて雪は解ける。

生きるという強い意志に戦ぐ彼らにも、春のあけぼのが、きっとすぐそこで待ち構えている。

あとがき

本作をご購入いただき誠にありがとうございます！

正確には購入を決めかねている方も想定して「お手に取っていただき」、と書くのが適切なのかもしれませんが、ここはあえて強めに書き記しました。未購入の方には『さんきゅーいんあどばんす』の精神です。

少し押しつけがましいですね。平素は不遜がベストパフォーマンス、一ノ瀬るちあと申します。本当はガールズバンドクライの井芹仁菜《いせりにな》がかわいいって話をしたいんですが、二ページのあとがきでは余白が足りないためまたどこかで。

さて、井芹仁菜がかわいいって話を差し置いてでも果たさなければいけない私の使命は、ウェブ版との違いを語ることです。私にしかできないことですからね。

私が思うに決定的な分岐点は、一巻に記された些細《ささい》な縛りです。一つ目は、文字魔法で発動できる事象がルーンファンタジー世界の歴史上に存在したものに限定されること。二つ目は、式神がこの世界に存在しないこと。おや？　ヒアモリの様子が……？

式神がいない以上、ウェブ版で彼女に取り憑《つ》いていたあいつも存在しません。世界観が違いますからね。代わりに書籍版では世界観的に取り憑いてもおかしくなさそうなやつに取り憑かれました。

歴史改編の影響は様々な場面に及んでいます。ヒアモリの髪色も青から赤へ変更となったのもその一つです。異なる歴史を歩いてきた彼女には2Pカラーこそふさわしいでしょう。劇場版限定パラレル時空お姫様概念ですね。だいたい地獄見てる。

残り一ページを切っていますが、私が残さなければいけないことはまだあります。『かませ犬転生』が皆様の手に届くまでにいただいた多大なご助力への感謝の言葉です。ウェブ時代からご支持くださった皆様、書籍化のオファーをくださり多岐にわたってお世話になりました編集の西村様、短期間で何枚ものキャラやイラストを創造してくださりましたGaruku様、誤字だらけの古代文明語を解読までしてくださった校正のお方、印刷して本を形にしてくださった皆様、全国にお届けいただいた運送の皆様、書店の皆様、まだまだ書ききれないほどたくさんのお力添えがあって念願はようやっと叶《かな》いました。改めましてお礼申し上げます。本当にありがとうございました。

夢の話を、最後に少しだけしましょう。夢を叶えられなかった人間は苦しみ続けるのだと、私の大好きな作品が教えてくれました。でも、夢を叶えた後は？　何に切なくなって、何に熱くなればいいのでしょう。答えはきっと簡単で、もっと多様な夢に向かって走っていくんだと思います、一生。だって私、この生き方しか知らない。

あがき続けていくんだと思います、この創作の世界で。

またどこかで、あなたに爪痕を残せるように。

一ノ瀬るちあ

電撃の新文芸

かませ犬転生《いぬてんせい》2
～たとえば劇場版限定《げきじょうばんげんてい》の悪役《あくやく》キャラに憧《あこが》れた踏《ふ》み台転生者《だいてんせいしゃ》が赤《あか》ちゃんの頃《ころ》から過剰《かじょう》に努力《どりょく》して、原作一巻《げんさくいっかん》から主人公《しゅじんこう》の前《まえ》に絶望的《ぜつぼうてき》な壁《かべ》として立《た》ちはだかるような～

著者／一ノ瀬《いちのせ》るちあ
イラスト／Garuku《ガルク》

2024年7月17日　初版発行

発行者／山下直久
発行／株式会社ＫＡＤＯＫＡＷＡ
〒102-8177　東京都千代田区富士見2-13-3
0570-002-301（ナビダイヤル）
印刷／ＴＯＰＰＡＮクロレ株式会社
製本／ＴＯＰＰＡＮクロレ株式会社

【初出】……………………………………………………………………………………………
本書は、カクヨムに掲載された『たとえば劇場版限定の悪役キャラに憧れた踏み台転生者が赤ちゃんの頃から過剰に努力して、原作一巻から主人公の前に絶望的な壁として立ちはだかるようなかませ犬転生』を加筆・修正したものです。

ISBN978-4-04-915712-3　C0093　Printed in Japan

ファンレターあて先
〒102-8177
東京都千代田区富士見2-13-3
電撃の新文芸編集部

「一ノ瀬るちあ先生」係
「Garuku先生」係

チュートリアルが始まる前に

ボスキャラ達を破滅させない為に俺ができる幾つかの事

著／髙橋炬燵
イラスト／カカオ・ランタン

この世界のボスを“攻略”し、
あらゆる理不尽を「攻略」せよ！

目が覚めると、男は大作RPG『精霊大戦ダンジョンマギア』の世界に転生していた。しかし、転生したのは能力は控えめ、性能はポンコツ、口癖はヒャッハー……チュートリアルで必ず死ぬ運命にある、クソ雑魚底辺ボスだった！ もちろん、自分はそう遠くない未来にデッドエンド。さらには、最愛の姉まで病で死ぬ運命にあることを知った男は――。

「この世界の理不尽なお約束なんて全部まとめてブッ潰してやる」

男は、持ち前の膨大なゲーム知識を活かし、正史への反逆を決意する！ 『第7回カクヨムWeb小説コンテスト』異世界ファンタジー部門大賞》受賞作！

煤まみれの騎士 I

どこかに届くまで、
この剣を振り続ける——。
魔力なき男が世界に抗う英雄譚！

　知勇ともに優れた神童・ロルフは、十五歳の時に誰もが神から授かるはずの魔力を授からなかった。彼の恵まれた人生は一転、男爵家を廃嫡、さらには幼馴染のエミリーとの婚約までも破棄され、騎士団では"煤まみれ"と罵られる地獄の日々が始まる。
　しかし、それでもロルフは悲観せず、ただひたすら剣を振り続けた。そうして磨き上げた剣技と膨大な知識、そして不屈の精神によって、彼は襲い掛かる様々な苦難を乗り越えていく——！
　騎士とは何か。正しさとは何か。守るべきものとは何か。そして彼がやがて行き着く未来とは——。神に棄てられた男の峻烈な生き様を描く、壮大な物語がいま始まる。

著／美浜ヨシヒコ
イラスト／fame

電撃の新文芸

ご近所ＪＫ伊勢崎さんは異世界帰りの大聖女

～そして俺は彼女専用の魔力供給おじさんとして、突如目覚めた時空魔法で地球と異世界を駆け巡る～

著／深見おしお
イラスト／えいひ

「さすがです、おじさま！」会社を辞めた社畜が、地球と異世界を飛び回る！

アラサーリーマン・松永はある日、近所に住む女子高生・伊勢崎聖奈をかばい、自分が暴漢に刺されてしまう。松永の生命が尽きようとしたその瞬間、なぜか聖奈の身体が輝き始め、彼女の謎の力で瀕死の重傷から蘇り——気づいたら二人で異世界に!?　そこは、かつて聖奈が大聖女として生きていた剣と魔法の世界。そこで時空魔法にまで目覚めた松永は、地球と異世界を自由自在に転移できるようになり……!?　アラサーリーマンとおじ専JKによる、地球と異世界を飛び回るゆかいな冒険活劇！

電撃の新文芸

ソードアート・オンライン　オルタナティブ

グルメ・シーカーズ

《SAO》世界でのまったり
グルメ探求ライフを描く、
スピンオフが始動！

「アインクラッド攻略には興味ありません！　食堂の開業を目指します！」
　運悪く《ソードアート・オンライン》に閉じ込められてしまったゲーム初心者の姉弟が選んだ選択は《料理》スキルを極めること！？
　レアな食材や調理器具を求めて、クエストや戦闘もこなしつつ、屋台をオープン。創意工夫を凝らしたメニューで、攻略プレイヤー達の胃袋もわし掴み！

著／Y・A
イラスト／長浜めぐみ
原案・監修／川原　礫